VELMA WALLIS (1960) es una escritora nativa americana descendiente de los indios atabascos de lengua gwich'in o kutchin. Perteneciente a una familia de trece hermanos, todos nacidos en una aldea cercana a Fort Yukon (Alaska) y educados en los valores tradicionales atabascos. Tiene tres hijas y un hijo, y reparte su tiempo entre Fairbanks y Fort Yukon. Ha recibido los premios Western States Book Award (1993) y American Book Award (2003).

Sus libros han sido traducidos a 17 idiomas.

ÍNDICE

Las dos ancianas de Velma Wallis
se terminó de imprimir en febrero de 2023
en los talleres de
Impresora Tauro, S.A. de C.V.
Av. Año de Juárez 343, col. Granjas San Antonio,
Ciudad de México

go típico de los dialectos athabaskans y que hace tan dulce su sonido. También ella lo era. A los treinta años se había enamorado por primera vez y esperaba un hijo. La publicación del manuscrito y la hija de Velma Wallis, Laura Brianna, llegaron al mismo tiempo. Laura Brianna nació con una ligera ictericia, fácilmente curada. Y el manuscrito tenía un pequeño fallo.

«¿Le he contado lo de las comas? —preguntó la autora cuando empezó a sentirse más cómoda en su trato con el editor—. Aunque he aprobado la secundaria, siempre he tenido problemas con las comas. Sé que la mayoría de las frases las tienen, pero como no sabía exactamente dónde ponerlas al escribir el relato, las distribuí al azar. Al final mi hermano Barry me dijo: "¿Velma, por qué no las quitas todas hasta que sepas dónde ponerlas? ¡A lo mejor te ayuda alguien!"»

La imagen de Velma Wallis agitando un salero lleno de comas para condimentar su relato, todavía me hace reír. Su próximo libro narrará su educación athabaskan. Para entonces a lo mejor no necesita ayuda, pero nos encantaría estar todo el día colocando comas para Wallis, con tal de tener la oportunidad de leer sus relatos...

LAEL MORGAN

INTRODUCCIÓN

Todos los días, después de cortar leña, nos sentábamos y hablábamos en nuestra pequeña tienda a la orilla de la desembocadura del Porcupine River, cerca del lugar donde este río se une al Yukon. Al final mamá siempre me contaba un cuento, y allí estaba yo, que ya no era ninguna cría, escuchando con atención las historias que mi madre me contaba para dormir. Una noche me contó un cuento que yo no conocía y que hablaba de dos ancianas y de su duro viaje plagado de dificultades.

Lo que le había traído el relato a la mente era una conversación que habíamos tenido cuando recogíamos leña para el invierno codo con codo. Nos sentamos en nuestros lechos, asombrados de que mamá, que ya pasaba de los cincuenta, pudiera seguir haciendo aquella dura tarea mientras casi todos los de su generación hacía mucho que se habían resignado a la vejez y a sus limitaciones. Le dije que quería ser como ella cuando fuera mayor.

Empezamos a recordar cómo eran las cosas

antes. Mi abuelo y todos los ancianos de aquel entonces trabajaban hasta que ya no podían moverse o morían. Mamá se sentía orgullosa de no aceptar las limitaciones de la vejez y de que aún pudiera recoger la leña para el invierno a pesar de que el trabajo exigía un gran esfuerzo físico, algunas veces llevado hasta el límite. Durante nuestras conversaciones, mamá recordó esta historia en particular porque tenía relación con lo que pensábamos y sentíamos en aquel momento.

Más tarde, en nuestra cabaña de invierno, escribí lo que ella me había contado. Me impresionó no sólo porque me enseñó una lección que podía serme útil en la vida, sino también porque trataba de mi gente y de mi pasado, algo a lo que podía aferrarme y llamar mío. Los cuentos son regalos de una persona mayor a otra joven. Por desgracia, este regalo no es algo que se dé o se reciba con frecuencia hoy en día porque muchos de nuestros jóvenes están demasiado ocupados con la televisión y el ritmo frenético de la vida moderna. Quizá en el futuro algunos de la generación actual que sean lo suficientemente sensibles como para haber prestado oídos a la sabiduría de sus mayores conservarán estas historias tradicionales en su memoria. A lo mejor, la generación del mañana añorará relatos como éste que les ayuden a comprender mejor su pasado y su gente, y espero que también a sí mismos.

A veces ocurre que las historias sobre una

Las dos ancianas

VELMA WALLIS

Traducción de Javier Alfaya

El papel utilizado para la impresión de este libro ha sido fabricado a partir de madera
procedente de bosques y plantaciones gestionadas con los más altos estándares ambientales,
garantizando una explotación de los recursos sostenible con el medio ambiente y beneficiosa para las personas.

Las dos ancianas

Título original: *Two Old Women*

Primera edición en B de Bolsillo en España: septiembre, 2009
Primera edición con esta portada en España: mayo, 2019
Primera edición en México: febrero, 2023

D. R. © 1993, Velma Wallis
Publicado por acuerdo con Wales Literary Agency, Inc.,
a través de International Editors'Co. Barcelona

D. R. © 1996, 2009, Penguin Random House Grupo Editorial, S. A. U.
Travessera de Gràcia, 47-49, 08021, Barcelona

D. R. © 2021, derechos de edición mundiales en lengua castellana:
Penguin Random House Grupo Editorial, S. A. de C. V.
Blvd. Miguel de Cervantes Saavedra núm. 301, 1er piso,
colonia Granada, alcaldía Miguel Hidalgo, C. P. 11520,
Ciudad de México

penguinlibros.com

D. R. © 1996, Javier Alfaya Bula, por la traducción
D. R. © 1993, James Grant, por las ilustraciones
Diseño de portada: Duró estudio
Imagen: © Unsplash

ISBN: 978-607-382-632-7

Impreso en México – *Printed in Mexico*

*Dedico este libro a todas aquellas
personas mayores que me han sorprendido
por sus conocimientos, sabiduría y singularidad.*

AGRADECIMIENTOS

La mayoría de los artistas pueden decir que si no fuera por ciertas personas no habrían conseguido el éxito. En este caso, tanto por el relato como por mí misma, la lista es larga y variada.

En primer lugar querría dar las gracias a mi madre, Mae Wallis. Sin ella este relato no existiría y jamás hubiera sentido el deseo de ser una narradora. No olvido tampoco las muchas noches que ella dedicó a contarnos historias.

Quisiera dar las gracias a las personas que durante estos años creyeron en este relato, y que lo resucitaron cuando parecía condenado a perderse en el olvido: Barry Wallis, Marti Ann Wallis, Patricia Stanley y Carroll Hodge. A Judy Erick de Venetie por su total disponibilidad para ayudarme con las traducciones del gwich'in y a Annette Seimens por haberme dejado usar su ordenador.

Por último, quiero dar las gracias a Marilyn Savage por su generosidad y constante estímulo. Gracias a los editores Kent Sturgis y Lael Morgan por compartir nuestra visión. Y gracias a Virginia Sims por encargarse de que el relato conservara su identidad después de pasar por edición.

Mashi Choo a todos por compartir este humilde relato.

VELMA

cultura, contadas por alguien ajeno a ella, se malinterpretan. Eso es muy grave, porque una vez impresos, algunos relatos son fácilmente aceptados como reales, pero pueden no serlo.

Este cuento de las dos ancianas se remonta a un tiempo lejano, muy anterior a la llegada de la cultura occidental, y se ha transmitido de generación en generación, de una persona a otra, hasta llegar a mi madre y luego a mí. Aunque he recurrido a mi imaginación para recrearla, ésta es de hecho la historia que me contaron y lo esencial de ella permanece de la misma forma en que mi madre quiso transmitírmela.

La historia me enseñó que no debemos poner límites a nuestra propia capacidad, y mucho menos por motivo de la edad, para realizar en la vida nuestro cometido. Dentro de cada individuo, en este mundo inmenso y complejo, late un increíble potencial de grandeza. Sin embargo raramente esos dones ocultos cobran vida, a no ser por un azar del destino.

LAS DOS ANCIANAS

1

LAS VÍCTIMAS
DEL HAMBRE Y EL FRÍO

El aire se extendía, silencioso y frío, sobre la vasta tierra. Las ramas de los altos abetos colgaban cargadas de nieve, esperando los lejanos vientos de primavera. Los sauces escarchados parecían estremecerse bajo el influjo del aire gélido.

A lo lejos, en aquella tierra de aspecto sombrío, grupos de gente cubierta con pieles y cueros de animales se acurrucaban en torno a pequeñas hogueras. Sus rostros curtidos reflejaban la desesperación ante la perspectiva del hambre, y el futuro no auguraba días mejores.

Estos nómadas eran el Pueblo de la región ártica de Alaska, en perpetuo movimiento, siempre en busca de comida. Adondequiera que fueran los caribúes y otros animales migratorios, ellos los seguían. Pero el intenso frío invernal traía también otros problemas. El alce, su fuente predilecta de sustento, se guarecía en su refugio del duro frío, sin moverse, y resultaba difícil encontrarlo. Animales más pequeños y accesibles, como los conejos y las ardillas, no proporcionaban comida suficiente. Durante las épocas de frío, incluso los pequeños animales desaparecían, bien escondidos en sus guaridas, o bien diezmados por los predadores, ya fueran hombres o animales. Así que durante esa helada severa e inusual de finales de otoño, la tierra parecía desprovista de vida y el frío se cernía como una amenaza.

Con las heladas, la caza exigía más energía que durante otras estaciones. Así pues, los cazadores eran los primeros a la hora de repartir la comida, pues el Pueblo dependía de su pericia. Sin embargo, eran tantos los que necesitaban alimentarse que la comida no tardaba en desaparecer, y a pesar de sus esfuerzos, muchas mujeres y niños sufrían de desnutrición, y algunos morirían de hambre.

En este grupo en particular había dos ancianas a las que el Pueblo cuidaba desde hacía muchos años. La mayor se llamaba Ch'idzigyaak, pues cuando nació sus padres le vieron cierto parecido con un pájaro carbonero. La otra anciana se llamaba Sa', que significa «estrella», porque su madre miraba el cielo nocturno de otoño, concentrada en las lejanas estrellas, para distraerse de los dolores del parto. Cuando el grupo llegaba a un nuevo lugar de acampada, el jefe mandaba a los jóvenes que construyeran refugios para las dos ancianas y que las abastecieran de leña y agua. Las mujeres más jóvenes arrastraban de un campamento a otro las pertenencias de las mayores y, a su vez, ellas curtían las pieles de los animales para quienes las ayudaban. Este acuerdo daba muy buenos resultados. Sin embargo, las dos ancianas compartían un defecto de carácter nada corriente en personas de aquella época. Se quejaban constantemente de achaques y padecimientos, y llevaban bastones para demostrar sus dolencias. Sorprendentemente, eso no parecía molestar a los demás, a pesar de que todos habían aprendido desde pequeños que los habitantes de una patria tan inclemente no podían tolerar esa debilidad. Pero nadie se lo reprochaba y las mujeres seguían viajando con los más fuertes. Hasta que llegó un fatídico día.

No era el frío lo único que llenaba el aire aquel día en que el Pueblo se reunió en torno a las hogueras, vacilantes y escasas, para escuchar al jefe. Era un hombre que sacaba casi una cabeza a los demás y, envuelto en el cuello de piel de su parka, habló de los duros y fríos días que vendrían y de lo que cada cual tendría que hacer si querían sobrevivir al invierno. Luego, en voz alta y nítida, anunció de repente:

—El consejo y yo hemos tomado una decisión. —Hizo una pausa, como si buscara fuerzas para proseguir—: Tenemos que abandonar a las ancianas.

Sus ojos recorrieron rápidamente el grupo a la espera de una reacción. Pero el hambre y el frío habían hecho estragos, y el Pueblo no pareció conmoverse. Muchos lo esperaban, y algunos creían que era lo mejor. En aquellos días, abandonar a los viejos en tiempos de hambruna era frecuente, aunque ésa era la primera vez que ellos lo hacían. La desolación de la tierra primitiva parecía exigirlo, ya que, para poder sobrevivir, la gente se veía forzada a imitar algunas de las costumbres de los animales. Al igual que los lobos más jóvenes y diestros se deshacen de un viejo líder de la manada, esa gente abandonaba a sus ancianas para poder viajar más rápidamente sin una carga adicional.

La mayor, Ch'idzigyaak, tenía una hija y un nieto en el grupo. El jefe los buscó entre la multitud y comprobó que ellos tampoco habían reaccionado. Tranquilizado al ver que su desagradable declaración no había provocado ningún incidente, el jefe ordenó a todos que recogieran de inmediato sus posesiones. Sin embargo, aquel hombre valeroso, su líder, no fue capaz de mirar a las dos ancianas, porque ya no se sentía tan fuerte. El jefe sabía que el Pueblo, que había cuidado a las dos ancianas, no pondría objeciones. La dureza de aquellos tiempos anulaba de tal modo a los hombres que una palabra dicha a la ligera, o una cosa mal hecha, desataba la ira entre ellos y empeoraba la situación. Así que los miembros débiles y derrotados guardaron el asombro para sus adentros, temerosos de la crueldad y la brutalidad que el pánico podía desatar entre esa gente que luchaba por la supervivencia. Sin embargo, a lo largo de los muchos años que las mujeres llevaban con el grupo, el jefe les había tomado afecto. Ahora quería irse tan pronto como fuera posible, antes de que las dos ancianas le miraran y le hicieran sentir peor que nunca en su vida.

Las dos mujeres siguieron sentadas, viejas y diminutas, ante la hoguera, con las barbillas orgullosamente erguidas para ocultar su sobresalto. De jóvenes habían visto abandonar a los muy ancianos pero nunca se habían imaginado que les tocara semejante destino. Miraban fijamente a lo lejos, aturdidas, como si no hubieran oído que su jefe las condenaba a una muerte cierta, abandonadas a su suerte en una tierra que sólo respetaba la fuerza y en la cual, ellas, ancianas y débiles, no tenían ninguna posibilidad de vencer. La noticia las dejó sin habla, sin capacidad de reacción y sin posibilidad de defenderse. De las dos, sólo Ch'idzigyaak tenía familia: una hija, Ozhii Nelii, y un nieto, Shruh Zhuu. Esperaba que su hija protestase; pero como ésta no lo hizo, se quedó más hundida que nunca. Ni siquiera su propia hija intentaba protegerla. A su lado, Sa' también estaba aturdida. La cabeza le daba vueltas, quería gritar pero ningún sonido salía de su garganta. Se sentía como si viviera una espantosa pesadilla en la que no podía moverse ni hablar.

Mientras el grupo se alejaba caminando pesadamente, la hija de Ch'idzigyaak se acercó a su madre llevando un haz de babiche, unas gruesas tiras de piel de arce que servían para fines diversos. La vergüenza y el dolor la obligaron a bajar la cabeza, porque su madre rehusó mirarla. Ch'idzigyaak siguió mirando, impávida, hacia delante. Ozhii Nelii estaba muy angustiada. Temía que si defendía a su madre, el Pueblo decidiera abandonarles a ella y a su hijo o, peor aún, que hicieran algo más terrible a causa de su estado de inanición. No se atrevió a correr un riesgo tan grande. Con estos terribles pensamientos y con la mirada triste, Ozhii Nelii imploró en silencio perdón y comprensión mientras posaba suavemente el babiche delante de su madre, imperturbable. Luego dio la vuelta lentamente y se alejó con el corazón encogido, segura de que la había perdido.

El nieto, Shruh Zhuu, estaba aturdido ante aquella crueldad. Era un chico extraño. Mientras los otros muchachos hacían alarde de su virilidad en competiciones de caza y lucha, él prefería ayudar a su madre y a las dos ancianas buscando provisiones. Su comportamiento resultaba ajeno a la estructura de organización del grupo, que cada generación aprendía de la anterior. Era costumbre que las mujeres se hicieran cargo de las tareas más pesadas, como arrastrar los toboganes cargados, y realizar las faenas más laboriosas, mientras los hombres se dedicaban a la caza para asegurar la supervivencia del grupo. Nadie se quejaba; así había sido siempre y así seguiría siendo.

Shruh Zhuu sentía mucho respeto por las mujeres. Veía cómo eran tratadas y no estaba de acuerdo. Y aunque se lo habían explicado una y otra vez, nunca entendió por qué los hombres no ayudaban a las mujeres. Pero sabía por experiencia que no debía discutir las reglas, porque sería una irreverencia. Cuando era más joven, Shruh Zhuu no temía expresar sus opiniones sobre este tema: la juventud y la inocencia le protegían. Más adelante aprendió que ese comportamiento provocaba castigos. Supo qué era el dolor del castigo del silencio cuando incluso su madre se negó a hablarle durante días. Así que Shruh Zhuu comprendió que pensar ciertas cosas provocaba menos dolor que decirlas.

Aunque creía que abandonar a dos ancianas desamparadas era el peor acto que el Pueblo podía llevar a cabo, Shruh Zhuu luchaba consigo mismo. Su madre vio cómo la furia asomaba a sus ojos y adivinó que estaba a punto de protestar. Se le acercó rápidamente y le susurró al oído con insistencia que no lo hiciera, que los hombres estaban lo bastante desesperados como para cometer cualquier crueldad. Shruh Zhuu observó las caras sombrías de los hombres, así que se mordió la lengua aunque en su corazón siguió latiendo la rebeldía.

Por aquel entonces, a los jóvenes se les enseñaba a cuidar bien sus armas, a veces mejor que de sus seres queridos, porque de ellas dependería su subsistencia cuando fueran hombres. Si un joven no utilizaba sus armas como era debido, o las empleaba para un fin distinto al acostumbrado, era castigado con dureza. A medida que crecían, los muchachos aprendían el poder de sus armas y el significado que tenían, no sólo para su propia supervivencia sino para la de todos.

Shruh Zhuu dejó a un lado todo lo aprendido y renunció a su propia seguridad. Sacó del cinturón su hacha, fabricada con afilados huesos de animales atados firmemente con babiche duro, y la colocó sigilosamente en una rama espesa en lo alto de un tupido abeto joven, oculta a los ojos del Pueblo.

Mientras la madre de Shruh Zhuu hacía un fardo con sus pertenencias, él se giró hacia su abuela. Ella parecía no mirarle, pero Shruh Zhuu, cerciorándose de que nadie le miraba, señaló con el dedo su cinturón vacío y luego el abeto. Una vez más, dirigió a su abuela una mirada desesperanzada, se volvió con pesar y se fue caminando hacia los otros, deseando con todas sus fuerzas hacer algo para que terminara aquel día de pesadilla.

El grupo de gente hambrienta se alejó poco a poco, abandonando a las dos mujeres, que permanecieron sentadas con la misma expresión de aturdimiento, sobre una pila de ramas de abeto. La pequeña hoguera reflejaba un suave resplandor anaranjado en sus rostros curtidos. Pasó mucho rato antes de que el frío sacara a Ch'idzigyaak de su estupor. Había visto el gesto desvalido de su hija pero creía que su única hija hubiera debido defenderla aún a costa de su propia vida. El corazón de la anciana se ablandó al pensar en su nieto. ¿Cómo iba a al-

bergar rencor hacia un ser tan joven y cariño-
so? Los otros merecían su ira, ¡sobre todo su
hija! ¿No le había enseñado a ser fuerte? Lágrimas ardientes, incontrolables, corrieron por su
rostro.

Justo entonces, Sa' levantó la cabeza y vio
las lágrimas de su amiga. Su corazón se llenó de
ira. ¿Cómo se habían atrevido? Las mejillas le
ardían por la humillación. ¡Ninguna de las dos
estaba cerca de la muerte! ¿No habían cosido y
curtido a cambio de lo que recibían? No tenían
que cargarlas de un campamento a otro. No estaban desamparadas ni indefensas; sin embargo,
las habían condenado a muerte. Su amiga había
visto pasar ochenta veranos; ella, setenta y cinco. Los viejos a quienes había visto abandonar
cuando era joven estaban tan cerca de la muerte
que algunos se habían quedado ciegos y no podían ni andar. Pero allí estaba ella. Aún caminaba, veía, hablaba, y aun así... ¡bah! Los jóvenes
de hoy buscaban el camino más fácil para escapar de las dificultades. Mientras el aire frío apa-
gaba el fuego, Sa' cobraba vida con un fuego interior más fuerte, como si su espíritu hubiera
absorbido la energía de las brasas, ahora res-
plandecientes, de la hoguera. Se acercó al árbol
y recuperó el hacha mientras, con una suave
sonrisa, pensaba en el nieto de su amiga. Con
un suspiro se acercó a su compañera, que aún
no se había movido, y miró el cielo azul. Para
sus ojos experimentados, el azul en esa época de
invierno significaba frío; y a medida que la no-

che se acercara el frío sería más intenso. Con expresión preocupada, Sa' se puso de rodillas junto a su amiga y le habló con voz suave pero firme:

—Amiga mía. —Hizo una pausa con la esperanza de que acudiera en su ayuda la fuerza que no sentía—. Podemos quedarnos aquí sentadas esperando la muerte. No tendremos que esperar mucho... —Su amiga levantó la vista con los ojos llenos de pánico y Sa' añadió de inmediato—: El momento de abandonar este mundo no ha llegado para nosotras todavía. Pero moriremos si permanecemos aquí sentadas esperando. Eso demostraría que ellos tenían razón al creernos indefensas.

Ch'idzigyaak escuchó aterrorizada. Al ver que su amiga se resignaba peligrosamente a ese destino impuesto, Sa' la instó con más energía:

—¡Sí, en cierto modo nos han condenado a muerte! Creen que somos demasiado viejas e inútiles. ¡Se olvidan de que también nosotras hemos ganado el derecho a vivir! Así que, amiga mía, vamos a morir luchando, no sentadas.

2

«MORIREMOS
LUCHANDO»

Ch'idzigyaak había permanecido sentada y quieta, como si intentara poner en orden su mente confusa. Una pequeña chispa de esperanza se encendió en la oscuridad en la que se hallaba inmersa al escuchar las enérgicas palabras de su amiga. Sintió que el frío mordía sus mejillas empapadas por las lágrimas, y escuchó el silencio que el Pueblo había dejado tras su marcha. Sabía que lo que su amiga decía era verdad, que en esa tierra apacible y fría les esperaba una muerte segura si no hacían nada para evitarlo. Por fin, con más desesperación que determinación, se hizo eco de las palabras de Sa'.

—Vamos a morir luchando.

Su amiga la ayudó a levantarse de las ramas húmedas. Recogieron pequeñas ramas para hacer una hoguera y añadieron trozos de hongos, que crecían grandes en los álamos caídos, para que el fuego se mantuviera vivo. Revisaron las otras hogueras con el fin de salvar cualquier rescoldo que encontrasen. Por aquel entonces,

cuando los grupos migratorios recogían sus pertenencias para trasladarse, conservaban los carbones calientes en sacos hechos de piel de alce o cortezas de abedul endurecidas y llenas de cenizas en las que los rescoldos seguían vivos.

Mientras la noche se acercaba, las mujeres cortaron finas tiras del haz de babiche e hicieron lazos corredizos del tamaño de la cabeza de un conejo. Luego, a pesar del cansancio, consiguieron construir unas trampas para conejos que dejaron preparadas de inmediato. La luna pendía grande y anaranjada sobre el horizonte mientras caminaban con dificultad por la nieve, que les llegaba hasta las rodillas, buscando en la penumbra alguna señal que indicara la presencia de conejos. Eran difíciles de ver y los pocos conejos que quedaban no salían con el frío, pero encontraron algunos de sus senderos habituales perfectamente trazados y cubiertos por una sólida capa de hielo bajo los árboles y sauces curvados. Ch'idzigyaak ató uno de los lazos corredizos a una gruesa rama de sauce, lo colocó en medio de uno de los senderos y levantó pequeñas vallas de ramas de sauce y abeto a cada lado del lazo para conducir al conejo hacia la trampa. Pusieron unas cuantas trampas más, aunque no tenían muchas esperanzas de capturar ningún conejo.

Al volver hacia el campamento, Sa' oyó que algo saltaba ágilmente por la corteza de un árbol. Se quedó quieta e indicó a su amiga que hiciera lo

mismo. Las dos mujeres aguzaron el oído para poder escuchar de nuevo aquel sonido en el silencio de la noche. En lo alto de un árbol, no muy lejos, perfilada por la luz plateada de la luna, vieron a una atrevida ardilla. Sa' acercó muy despacio la mano al cinturón para coger el hacha. Con los ojos fijos en la ardilla y movimientos pausados, apuntó el hacha hacia aquella diana que significaba su supervivencia. La cabecita del animal se irguió instantáneamente, y cuando Sa' movió la mano para lanzar el hacha, la ardilla se precipitó hacia la copa del árbol. Sa' lo había previsto y, apuntando un poco más alto, segó la vida del animal con calculada destreza y un dominio de la caza que no había empleado en muchas estaciones. Ch'idzigyaak dejó escapar un largo suspiro de alivio; la luz de la luna brillaba en el rostro sonriente de la mujer.

—Lo he hecho muchas veces, pero nunca pensé que lo volvería a repetir —dijo con voz orgullosa, aunque trémula.

Una vez en el campamento, las mujeres hirvieron la carne de la ardilla en aguanieve y bebieron el caldo. Guardaron la poca carne que sobraba para comerla más tarde, pues ésa podría ser su última comida. El Pueblo se había llevado los pocos alimentos que quedaban, así que hacía mucho que no habían comido. Ahora comprendían por qué no habían recibido ni una porción del preciado sustento. ¿Para qué malgastarlo con dos viejas que iban a morir? Trataron de espantar aquellos pensamientos, mientras llenaban sus estómagos con el caldo caliente de ardilla y se acomodaban en su tienda para pasar la noche. El refugio estaba formado por dos pieles grandes de caribú enrolladas en torno a tres palos largos colocados en forma más o menos triangular. Dentro, se amontonaban espesas pilas de ramas de abeto cubiertas con mantas hechas de pieles. Las mujeres eran conscientes de que, aunque les habían abandonado a su suerte, el Pueblo había hecho una buena acción al dejarles conservar todas sus pertenencias. Sospechaban que había sido el jefe el responsable de aquel pequeño acto caritativo. Otros miembros del grupo, menos nobles, habrían decidido robarles todo lo que poseían, puesto que iban a morir y no iban a necesitar nada, salvo las pieles que las cubrían y servían de abrigo. Con aquellos confusos pensamientos rondándoles la cabeza, las dos frágiles ancianas se adormilaron.

La luz de la luna resplandecía sobre el silencio de la tierra helada, interrumpido tan sólo por lejanos susurros y, de vez en cuando, el aullido melancólico de un lobo. El cansancio y las pesadillas turbaban el sueño de las mujeres que se agitaban nerviosas, y de vez en cuando dejaban escapar un gemido. Entonces, cuando la luna se hundía en el horizonte, por el oeste, un grito resonó en algún lugar. Las dos mujeres se despertaron a la vez, con la esperanza de que aquel espantoso lamento formara parte de su pesadilla. El gemido se oyó de nuevo. Esta vez las mujeres reconocieron el grito; procedía de un animal que había caído en su trampa. Sintieron un gran alivio. Ante el temor de que otros predadores pudieran llegar antes que ellas, se vistieron rápidamente y corrieron hacia las trampas. Se encontraron con un pequeño conejo tembloroso que yacía parcialmente estrangulado y las miraba con angustia. Sin vacilar, Sa' se acercó al animal, colocó una mano en su cuello, lo palpó buscando el latido de su corazón y apretó hasta que el animal dejó de forcejear y se quedó quieto. Una vez que Sa' hubo colocado la trampa de nuevo, regresaron al campamento. Ante ellas se abría un resquicio de esperanza.

La mañana llegó, pero no trajo la luz a esa lejana tierra del norte. Ch'idzigyaak fue la primera en despertarse. Poco a poco, añadiendo leña, consiguió que una llama prendiera el fuego. Durante la noche, con el fuego apagado, el frío había acumulado la escarcha en las paredes de piel de caribú. Ch'idzigyaak suspiró con aburrida exasperación. Salió fuera, donde la gran aurora boreal aún titilaba en lo alto, y millones de estrellas parpadeaban. Ch'idzigyaak se quedó inmóvil un instante, contemplando aquellas maravillas. Ese cielo nocturno jamás había dejado de sobrecogerla y llenarla de admiración.

Ch'idzigyaak retomó su tarea. Tiró de los bordes superiores de las pieles de caribú, las extendió sobre la tierra, y las limpió de la escarcha cristalizada. Después colocó las pieles de nuevo y volvió adentro para avivar la hoguera. Pronto la humedad goteó por la pared de piel pero se secó enseguida. Ch'idzigyaak se estremeció al imaginar la escarcha derritiéndose sobre ellas cuando hiciera más frío. ¿Cómo se las habían arreglado antes? ¡Ah, sí...! Los jóvenes estaban siempre alimentando la hoguera que ardía en el refugio de sus mayores para que no se apagara. ¡Cuánta consideración entonces! ¿Cómo sobrevivirían ahora? Ch'idzigyaak suspiró profundamente. Intentó alejar esos sombríos pensamientos y se concentró en el cuidado de la hoguera, sin despertar a su compañera, todavía dormida. El refugio se fue calentando a medida que el fuego crepitaba. La leña seca despedía pequeñas chispas y el chisporroteo despertó poco a poco a Sa', que permaneció echada de espaldas mucho rato antes de percatarse de los movimientos de su amiga. Giró con lentitud el cuello dolorido, esbozando una sonrisa, que la mirada acongojada de Ch'idzigyaak truncó. Con una mueca de dolor, Sa' se incorporó con cuidado apoyándose en un codo, y se esforzó por mantener una expresión alentadora.

—Creía que lo de ayer era un sueño hasta que he visto tu fuego.

Ch'idzigyaak consiguió esbozar una leve sonrisa para levantar el ánimo de su amiga, pero siguió absorta, con los ojos fijos en la hoguera.

—No puedo hacer otra cosa que seguir sentada y preocuparme —dijo después de un largo silencio—. Me asusta lo que está por venir.

¡No! ¡No digas nada! —Sa' quiso hablar pero Ch'idzigyaak la interrumpió con un gesto—. Ya sé que confías en que sobreviviremos. Eres más joven. —No pudo sino reírse con amargura de su comentario, ya que justo el día anterior las habían juzgado demasiado viejas para seguir viviendo con los jóvenes—. Ha pasado mucho tiempo desde que me valía por mí misma. Y luego siempre había alguien que me cuidaba; y ahora... —Un ronco suspiro ahogó sus palabras mientras, para su vergüenza, las lágrimas empezaban a correr por su rostro. Su amiga la dejó llorar. Cuando las lágrimas cesaron, se limpió la cara y rió—. Perdóname, amiga mía, soy mayor que tú y, sin embargo, lloro como un bebé.

—Somos como bebés —respondió Sa'. La mujer mayor levantó la vista, sorprendida ante esa afirmación—. Somos como unos bebés desvalidos. —La sonrisa se heló en sus labios cuando en el rostro de su amiga se dibujó una expresión ligeramente ofendida ante el comentario; pero antes de que Ch'idzigyaak pudiera interpretarlo mal, Sa' prosiguió—: Hemos aprendido mucho durante nuestras largas vidas. Sin embargo, hemos llegado a la vejez convencidas de que ya hemos hecho todo lo que teníamos que hacer. Así que nos hemos detenido sin más, aunque nuestros cuerpos están aún lo bastante fuertes como para responder a nuestras exigencias.

Ch'idzigyaak permaneció sentada, escuchando, atenta, la repentina revelación de su amiga, y la explicación de por qué los jóvenes habían decidido que sería mejor abandonarlas:

—Dos viejas. Se quejan. Nunca están satisfechas. Hablamos de la falta de comida, y de lo buenos que fueron los viejos tiempos cuando en realidad no es cierto. Ahora, después de pasar tantos años convenciendo a los jóvenes de que estamos indefensas, han llegado a creer que ya no somos de ninguna utilidad en este mundo. —Al ver que las lágrimas arrasaban los ojos de su amiga al escuchar aquellas implacables palabras, Sa' continuó con la voz cargada de sentimiento—. ¡Vamos a demostrarles que no es cierto! ¡Al Pueblo! ¡A la muerte! —Al tiempo que subrayaba sus palabras con un enérgico movimiento de cabeza, añadió—: Sí, a esa muerte que nos espera dispuesta a atraparnos en cuanto mostremos el más mínimo indicio de debilidad. Temo más a esa muerte que a cualquier penalidad por la que tengamos que pasar. ¡Si hemos de morir, moriremos luchando!

Ch'idzigyaak miró a su amiga fijamente durante largo rato y comprendió que tenía razón, que la muerte era segura si no luchaban para sobrevivir.

No estaba convencida de que las dos fueran lo bastante fuertes como para vencer una una prueba tan difícil, pero la pasión en la voz de su amiga la reconfortó. Así que, en lugar de sentirse triste porque no había nada más que pudieran decir o hacer, sonrió.

—Creo que ya lo habíamos dicho antes y

probablemente lo diremos muchas más veces, pero sí, moriremos luchando. —Y con la sensación de que una fuerza que antes le hubiera parecido imposible se apoderaba de ella, Sa' respondió a la sonrisa de su amiga y se levantó para prepararse ante el largo día que las esperaba.

3

LAS VIEJAS
HABILIDADES

Aquel día las mujeres volvieron atrás en el tiempo y recordaron las habilidades y conocimientos que les habían enseñado desde su más tierna infancia.

Comenzaron por hacer raquetas para andar sobre la nieve. Por lo general la madera del abedul se recogía a finales de primavera y principios de verano, pero ahora tendrían que arreglárselas con abedules jóvenes. Naturalmente, carecían de las herramientas necesarias, pero con las que tenían consiguieron partir las maderas en cuatro varas, que después hirvieron en grandes vasijas de abedul. Cuando la madera se hubo ablandado, las mujeres doblaron las varas y ataron los dos extremos. Una vez hecho esto, se esforzaron en taladrar numerosos agujeritos a ambos lados con sus pequeñas leznas de coser puntiagudas. Fue un trabajo duro pero, a pesar del dolor en los dedos, las mujeres continuaron hasta que finalizaron la tarea. Antes habían puesto el babiche a remojo y ahora, ya ablandado, lo cortaron en finas tiras y lo entretejieron sobre las raquetas. Mientras el babiche se endurecía con la ayuda del calor del fuego, las mujeres prepararon las ataduras de piel para las raquetas.

Al terminar sonrieron, rebosantes de orgullo. Luego, con sus rudimentarias pero útiles raquetas, caminaron sobre la nieve hasta las trampas para inspeccionarlas, y su alegría fue aún mayor al encontrar un conejo atrapado en una de ellas. El hecho de que sólo unos días antes el Pueblo hubiera intentado infructuosamente cazar conejos en la zona, les hizo sentir una fe casi supersticiosa en su buena suerte. Volvieron al campamento contentas por lo que habían conseguido.

Aquella noche las ancianas hicieron planes. Estuvieron de acuerdo en que no podían quedarse en el campamento de otoño, donde habían sido abandonadas, ya que no había animales suficientes para sobrevivir durante el largo invierno. También temían ser descubiertas por algún enemigo. Otros grupos nómadas viajaban, incluso en el duro invierno, y las mujeres no querían exponerse a un peligro como ése. Incluso empezaban a temer a su propia gente porque ya no confiaban en ellos. Así que decidieron marcharse ante el miedo de que la gente cometiera actos atroces para sobrevivir al duro invierno; recordaban historias prohibidas, transmitidas de generación en generación, sobre aquellos que se habían convertido en caníbales para no morir. Sentadas en el refugio, pensaban dónde podían ir. De repente Ch'id-zigyaak exclamó:

—¡Conozco un sitio!

—¿Dónde? —preguntó Sa', excitada.

—¿Recuerdas el lugar donde pescábamos hace mucho tiempo? Aquel arroyo donde había tantos peces que tuvimos que buscar escondri-jos especiales para que se secasen.

La mujer más joven buscó en su memoria durante un momento y un vago recuerdo del lugar le vino a la mente.

—Sí, ya lo recuerdo. Pero ¿por qué nunca volvimos? —preguntó.

Ch'idzigyaak se encogió de hombros. Tampoco ella lo sabía:

—A lo mejor el Pueblo olvidó que existía —aventuró.

Fuera cual fuera la razón, las dos mujeres decidieron que era un buen lugar a donde ir y, puesto que estaba muy lejos, debían emprender el viaje enseguida. Las dos deseaban alejarse lo antes posible de aquel lugar lleno de malos recuerdos.

A la mañana siguiente recogieron sus perte-nencias. Las pieles de caribú tenían muchos usos, y aquel día sirvieron como trineos de tiro. Quita-ron las dos pieles de su marco de madera y las extendieron sobre la nieve con el pelaje hacia abajo. Colocaron ordenadamente sus posesio-nes encima de las pieles y con largas tiras de ba-biche las ataron con fuerza. Delante de cada tri-neo sujetaron unas largas cuerdas de cuero de piel de alce trenzadas y se las ataron alrededor de la cintura. Con las pieles de caribú que se deslizaban con suavidad, y con las raquetas que facilitaban el trayecto, las mujeres emprendieron el largo viaje.

La temperatura había bajado y el aire frío les quemaba los ojos. Una y otra vez tenían que calentarse el rostro con las manos desnudas, y enjugarse continuamente las lágrimas de los ojos irritados. Pero las pieles que las cubrían mantuvieron sus cuerpos calientes a pesar del intenso frío.

Las mujeres caminaron hasta muy entrada la noche. Aunque no avanzaron mucho, estaban exhaustas y se sentían como si hubieran estado caminando una eternidad. Decidieron acampar, así que cavaron profundas fosas en la nieve y las llenaron con ramas de abeto. Luego encendieron una pequeña hoguera, volvieron a hervir la carne de ardilla y bebieron el caldo. Estaban tan agotadas que se quedaron dormidas enseguida. Esa noche ni gimotearon ni se movieron, sino que durmieron silenciosa y profundamente.

La mañana llegó y las dos mujeres se despertaron al intenso frío bajo la bóveda estrellada del cielo. Pero cuando intentaron salir de las fosas, sus cuerpos se negaron a moverse. Se miraron mutuamente a los ojos y comprendieron que habían forzado sus cuerpos más allá de lo que les permitía su resistencia. Por fin, la más joven y decidida, Sa', consiguió salir. Pero el dolor era tan intenso que soltó un profundo quejido. Ch'idzigyaak, segura de que le iba a pasar lo mismo, se quedó quieta un rato, intentando reunir el valor suficiente para aguantar el dolor. Al fin, dolorosa y lentamente, también ella salió de la fosa de nieve, y las dos se pusieron a caminar renqueando por el campamento para aflojar los miembros rígidos. Después de masticar la carne de ardilla que quedaba, emprendieron de nuevo su viaje, arrastrando despacio los cargados trineos.

Siempre recordarían aquel día como el más largo y el más duro de su nueva vida. Caminaban a duras penas, aturdidas, desplomándose a menudo en la nieve por el agotamiento y la avanzada edad. A pesar de todo siguieron adelante, casi desesperadas, conscientes de que cada paso les acercaba más a su meta.

La lejana luz del sol que aparecía momentáneamente cada día se asomó vagamente entre la niebla helada que flotaba en el aire. De vez en cuando se vislumbraban retazos de cielo azul, pero la mayor parte del tiempo lo único que veían las mujeres era su propio aliento glacial arremolinándose frente a ellas. Debían evitar que sus pulmones se helaran, así que procuraban limitar sus esfuerzos, y si eso no era posible se cubrían la cara para protegerse del aire frío. Eso les causaba otras molestias irritantes como la escarcha acumulada donde las protecciones rozaban sus caras. Sin embargo, las mujeres hacían caso omiso de esas incomodidades, poca cosa en comparación con el dolor de los miembros, la rigidez de las articulaciones y los pies hinchados. A veces hasta sus pesados trineos parecían cumplir un propósito al evitar que las ancianas cayeran de bruces mientras los arrastraban con las cuerdas atadas al pecho.

A medida que las pocas horas de luz huían, sus ojos se adaptaban a la oscuridad que empezaba a envolverlas. Pero sabían que la noche aún no había llegado y debían seguir caminando. Cuando fue la hora de acampar, las mujeres se hallaban junto a un gran lago. Al ver el contorno de los árboles en la orilla creyeron más sensato hacer su campamento en el bosque. Pero estaban tan agotadas que no fueron capaces de seguir. Volvieron a cavar una profunda fosa en la nieve y después de acomodarse y taparse con las pieles, se durmieron enseguida. Las pieles y las gruesas vestiduras retenían el calor de sus cuerpos y las protegían del frío aire. La fosa de nieve era tan caliente como cualquier refugio sobre el suelo, así que las mujeres durmieron indiferentes a las bajas temperaturas que obligaban hasta a los animales más feroces del norte a buscar refugio.

Por la mañana, Sa' fue la primera en despertarse. El descanso y el frío habían despejado su cabeza considerablemente. Con una mueca asomó la cabeza por el agujero para echar un vistazo. Vio el perfil de los árboles a lo largo de la orilla y recordó que no habían podido cruzar al otro extremo del lago por el cansancio.

Se levantó con cuidado, pues no quería perturbar el sueño de su amiga y además cualquier movimiento brusco inmovilizaría su maltrecho cuerpo. Una sonrisa se dibujó en sus labios al pensar en que sólo unos días antes ella y su amiga se quejaban enérgica e insistentemente y en los bastones con que se ayudaban y que habían quedado olvidados en el campamento el día anterior. Mientras se estiraba perezosamente en el aire helado, tomó nota en su memoria de todo aquello para recordárselo a su amiga en el momento oportuno. Se reirían de los años en que habían utilizado aquellos bastones para caminar puesto que ahora, de una forma u otra, habían conseguido desplazarse durante kilómetros sin ellos. Sa' se puso las raquetas y empezó a andar para desentumecer sus articulaciones doloridas.

Desde la fosa de nieve, Ch'idzigyaak levantó la vista hacia su compañera más ágil que lentamente daba vueltas alrededor del refugio. Ella todavía se sentía cansada y desdichada, pero sabía que tenía que hacer lo que pudiera para mantenerse al lado de Sa' en los momentos duros. Había vivido el tiempo suficiente como para saber que si ella se rendía, Sa' también lo haría. Así que intentó moverse, pero el dolor atenazó su cuerpo y la hizo volver a echarse con un profundo suspiro.

Sa' vio que Ch'idzigyaak tenía dificultades y estiró la mano para ayudarla a salir de la fosa. Juntas gruñeron esforzándose por moverse. Pronto pudieron andar de nuevo y se pusieron en marcha. Esta vez no se detuvieron hasta llegar a la orilla del lago. Allí encendieron una hoguera y, después de comer un poco de carne de conejo, que racionaban celosamente, volvieron a por los trineos y reanudaron el viaje.

Los lagos helados parecían no tener fin. El esfuerzo por cruzar entre los numerosos abetos, los sotos de sauces y los matorrales de espinos que había entre un lago y otro agotó tanto a las mujeres que tenían la sensación de haber recorrido muchos más kilómetros de los que en realidad habían andado. A pesar de que dieron muchos rodeos para sortear los múltiples obstáculos, nunca perdieron por completo el sentido de la orientación. A veces, la fatiga embotaba sus sentidos y perdían momentáneamente el rumbo o se encontraban dando vueltas en el mismo lugar, pero pronto volvían a encontrar la senda. En vano esperaron que el arroyo al que se dirigían apareciera ante ellas de pronto. Hubo momentos incluso en que alguna de las dos creyó haber llegado a su destino. Pero el frío intenso y los huesos doloridos las traía bruscamente de vuelta a la realidad.

La cuarta noche, las mujeres dieron, casi por casualidad, con el arroyo. A su alrededor, todo permanecía envuelto en la plateada luz de la luna. Las sombras se extendían por debajo de los árboles y sobre el arroyo. Las mujeres se detuvieron en la orilla unos momentos para descansar mientras admiraban la belleza de aquella noche singular. Sa' se maravillaba del poder que la tierra ejercía sobre la gente, sobre los animales e incluso sobre los árboles. Todos dependían de la tierra, y si no se obedecían sus reglas una muerte rápida e imprevisible se cernía sobre los imprudentes e indignos. Ch'idzigyaak miró a su amiga al oírla suspirar.

—¿Qué te pasa? —preguntó.

La cara de Sa' esbozó una sonrisa triste.

—No pasa nada, amiga mía. Después de todo, ya estamos en el buen camino. Pensaba en lo fácil que resultaba antes para mí vivir de la tierra, pero ahora parece no quererme. A lo mejor son sólo mis miembros doloridos los que hacen que me queje.

Ch'idzigyaak se rió.

—Tal vez es porque nuestros cuerpos son demasiado viejos, o porque no estamos en forma. Quizás algún día corretearemos nuevamente por esta tierra.

A Sa' le hizo gracia la broma.

Aquellas reflexiones tenían como único objetivo levantar el ánimo. Las mujeres sabían que su viaje no había terminado y que su lucha por la supervivencia seguía siendo difícil. Aunque la vejez las había debilitado, Ch'idzigyaak y Sa' sabían que tendrían que pagar un precio elevado con su duro trabajo antes de que la tierra les concediera una tregua. Las dos mujeres bajaron por el arroyo serpenteante hasta llegar a un gran río. Incluso en la época de mayor frío, la corriente silbante del río erosionaba el hielo, y hacía peligroso el caminar sobre sus aguas heladas. Las mujeres se dieron cuenta de ello mientras cruzaban lenta y cuidadosamente el tranquilo río, con los sentidos alerta a cualquier crujido o a cualquier indicio de vapor que asomara entre las grietas del hielo.

Cuando por fin llegaron al otro lado, estaban mental y físicamente exhaustas. Con las escasas energías que les quedaban, se dedicaron a la tarea de construir un nuevo refugio para pasar la noche.

4

UN VIAJE
DOLOROSO

Las dificultades pasadas en noches anteriores para construir refugios, no eran nada comparadas con las de aquella noche, porque las mujeres estaban tan cansadas que apenas podían moverse. Con ciega determinación buscaron, renqueando, ramas de abeto para las camas y grandes trozos de leña con que alimentar la hoguera. Finalmente, se acurrucaron juntas y miraron como hipnotizadas la gran llama anaranjada que habían encendido con las ascuas transportadas desde su primer campamento. Enseguida, sin darse cuenta, se deslizaron hacia un sueño profundo. Ni siquiera oyeron a lo lejos el aullido de un lobo solitario y, antes de que se dieran cuenta, el aire frío de la mañana reanimó sus sentidos.

Se habían dormido apoyadas la una contra la otra y permanecieron en esa posición durante toda la noche. Sabían que no les sería fácil levantarse porque habían permanecido sentadas, dejando caer el peso sobre las piernas. Se quedaron quietas largo rato. Luego Sa' hizo un esfuerzo para levantarse, pero sus piernas estaban entumecidas. Gruñó y volvió a probar. Entretanto, Ch'idzigyaak mantenía los ojos cerrados y fingía dormir. No quería enfrentarse con el día. Sa' hizo acopio de sus fuerzas e intentó moverse, pero esta vez el dolor no la dejó. De nuevo habían exigido de sus cuerpos más de lo que podían dar. Sin querer, Sa' soltó un gemido de dolor y sintió ganas de llorar. Agachó la cabeza, derrotada por el esfuerzo de todos los días pasados, y el frío la hizo sentir todavía más desanimada. Pese a sus esfuerzos, su cuerpo se negaba a responder. Estaba demasiado rígido.

Ch'idzigyaak, aletargada, escuchaba el llanto de su amiga. Se asombraba de estar allí sentada, oyendo llorar a Sa', sin sentir nada. Quizá su destino fuera detenerse. Quizá los jóvenes tuvieran razón: ella y Sa' luchaban contra lo inevitable. Sería más fácil acurrucarse en el calor de sus pieles y dormir. Así no tendrían que demostrar nada a nadie. A lo mejor ese sueño profundo que Sa' tanto temía no estaba tan mal, después de todo. Al menos, pensó Ch'idzigyaak, no sería peor que esto.

Sin embargo, a pesar de la poca voluntad de su amiga, Sa' tenía de sobra para las dos. Haciendo caso omiso del frío, del dolor en los costados, del estómago vacío y del entumecimiento de las piernas, luchó por levantarse y esta vez lo consiguió. Como ya era su costumbre por las mañanas, dio vueltas por el campamento hasta que sintió que, poco a poco, la sangre empezaba a correr por sus venas. El dolor se hizo más agudo, pero Sa' concentró toda su atención en recoger más leña y en encender la hoguera. Luego hirvió la cabeza de un conejo para preparar un sabroso caldo.

Ch'idzigyaak seguía con atención lo que pasaba con los párpados entreabiertos. No quería que su amiga se enterara de que estaba despierta, porque entonces tendría que moverse y no pensaba hacerlo. Ni ahora ni nunca. Se quedaría donde estaba, y a lo mejor una muerte rápida la libraría de aquel sufrimiento. Sin embargo su cuerpo no estaba dispuesto a rendirse del todo. En lugar de hundirse dulcemente en el olvido, Ch'idzigyaak sintió de repente la apremiante necesidad de orinar. Trató de ignorarla, pero no pudo aguantar más y con un fuerte gemido sintió que su vejiga iba cediendo. Presa del pánico, se levantó de un salto y se dirigió hacia los sauces, lo cual sobresaltó a su amiga. Cuando Ch'idzigyaak salió de entre los sauces con una expresión ligeramente culpable, Sa' inclinó la cabeza, asombrada.

—¿Te pasa algo? —preguntó.

Ch'idzigyaak, avergonzada, confesó:

—Me ha sorprendido la rapidez con que he reaccionado. ¡Creía que no era capaz de mover ni un dedo!

Sa' pensó en el día que las esperaba.

—Después de comer, debemos ponernos en marcha, aunque hoy sólo avancemos un poco. Cada paso nos acerca más a nuestra meta. Aunque no me siento bien, mi mente domina mi cuerpo, y quiere que sigamos nuestro camino en vez de quedarnos aquí descansando, que es lo que me apetece.

Ch'idzigyaak escuchaba mientras comía su trozo de conejo y sorbía el caldo. Ella también tenía ganas de quedarse allí más tiempo. Lo cierto era que deseaba desesperadamente quedarse. Pero cuando consiguió apartar aquellos pensamientos disparatados, se sintió avergonzada y de mala gana accedió a marcharse.

Sa' se sintió ligeramente decepcionada cuando Ch'idzigyaak aceptó reemprender el viaje, y se preguntó si en su interior no había deseado que Ch'idzigyaak se negara a moverse. Pero ya era tarde para arrepentirse. Así que las dos ancianas sujetaron las cuerdas a sus flacas cinturas y empezaron a tirar de nuevo. Mientras caminaban procuraban mantenerse alerta ante cualquier indicio de vida animal, porque apenas les quedaba comida, y la carne era su fuente principal de energía. Sin ella, su lucha pronto terminaría. A veces, las mujeres se detenían para estudiar la ruta escogida y se preguntaban si iban bien encaminadas. Pero el río seguía en una única dirección desde el arroyo, de modo que las mujeres bordearon la orilla sin dejar de buscar el riachuelo que las llevaría al lugar que recordaban por la abundancia de peces que entonces había.

Los días se sucedían monótonamente mientras las mujeres tiraban de sus trineos sobre la espesa nieve. Al cabo de seis días, Sa', que no apartaba la mirada del camino, levantó la vista. Al otro lado del río vio la desembocadura del arroyo.

—Hemos llegado —dijo con voz suave y entrecortada.

Ch'idzigyaak miró a Sa' y luego el arroyo.

—Salvo que estemos en el lado que no es —contestó.

Sa' no pudo por menos que sonreír; su amiga siempre veía el lado negativo de las cosas. Pero se sentía demasiado cansada para mostrarse optimista, así que suspiró para sus adentros e hizo señas a su amiga para que la siguiera.

Esta vez las dos mujeres no prestaron atención a las grietas ocultas bajo el hielo. Sin importarles el peligro que corrían, atravesaron el río helado y continuaron subiendo por el afluente. Caminaron hasta muy entrada la noche. La luna asomó por entre las copas de los árboles hasta situarse encima de ellas, e iluminó su camino a lo largo del estrecho riachuelo. Aunque habían andado más horas que en los días anteriores, seguían adelante. Tenían la certeza de que el antiguo campamento estaba cerca y querían encontrarlo aquella misma noche.

Justo cuando Ch'idzigyaak pensaba rogar a su amiga que se detuvieran, descubrió el lugar del campamento.

—¡Mira ahí! —gritó—. ¡Ahí están las perchas para los peces que colgamos hace tanto tiempo!

Sa' se detuvo y sintió que las fuerzas la abandonaban. Le costó un gran esfuerzo mantenerse sobre sus piernas temblorosas, porque una vaga sensación de que había llegado a su casa la invadió de pronto.

Ch'idzigyaak se acercó a su amiga y la rodeó cariñosamente con un brazo. Se miraron y se sintieron conmovidas por una gran emoción que las hizo enmudecer. Habían cruzado toda aquella distancia solas. Volvieron a su memoria los dulces recuerdos de aquel lugar donde habían compartido la felicidad con amigos y familiares. Ahora, por una mala jugada del destino, se encontraban allí solas, traicionadas por aquella misma gente. Como las penurias las habían unido, las dos mujeres habían desarrollado la capacidad de conocer lo que había en la mente de la otra, y Sa' solía ser la más sensible.

—Es mejor no pensar en por qué estamos aquí —dijo—. Debemos levantar nuestro campamento esta noche. Mañana hablaremos.

Dominando la amarga sensación que le subía por la garganta, Ch'idzigyaak asintió con decisión. Así, con movimientos lentos y torpes, ascendieron por la orilla ligeramente empinada y se dirigieron hacia el campamento, donde encontraron un viejo armazón de tienda que utilizaron como refugio aquella noche.

Aunque sus ropas las protegían del intenso frío, las pieles de caribú calentaban más. Las brasas se mantuvieron vivas entre la ceniza durante toda la noche y conservaron caliente el refugio, hasta que el frío de la mañana se abrió paso y las mujeres empezaron a desperezarse. Sa' fue la primera en levantarse. Esta vez su cuerpo protestó menos cuando empezó a moverse por el refugio, echando la leña que habían recogido la noche anterior sobre las brasas vacilantes que seguían ardiendo en la hoguera. Después de soplar suavemente sobre los palillos secos, una llama empezó una lenta danza extendiéndose por un haz de ramas de sauce secas. Pronto el refugio se calentó y brilló resplandeciente.

Aquel día las mujeres trabajaron infatigablemente, sin pensar en sus maltratadas articulaciones. Sabían que tenían que darse prisa y terminar los preparativos para enfrentarse a lo más crudo del invierno, pues vendrían tiempos aún más fríos. Así que pasaron el día apilando nieve alrededor del refugio, colocaron una larga fila de trampas para conejos, porque aquélla era una zona rica en sauces, y había indicios claros de que allí habitaban conejos. Ya era de noche cuando volvieron al campamento. Sa' hirvió las vísceras del conejo e hicieron un festín con lo que quedaba de comida. Después, se acomodaron en sus mantas y fijaron la vista en el fuego.

Las dos mujeres no se habían tratado mucho antes de ser abandonadas. Eran dos vecinas que disfrutaban quejándose y solían conversar sobre asuntos intrascendentes. Ahora, la vejez y un cruel destino eran todo lo que tenían en común. Por esa razón, aquella noche, al final del duro viaje que habían realizado juntas, no sabían qué decirse y cada una se ensimismó en sus pensamientos.

Ch'idzigyaak recordó a su hija y a su nieto. Se preguntó si estarían bien. Sintió dolor al evocar a su hija. Era difícil de creer que su propia carne se hubiera negado a defenderla. Se estaba dejando llevar por la autocompasión, y tuvo que hacer un gran esfuerzo por contener las lágrimas que amenazaban con derramarse. Apretó los labios en una línea fina y rígida. ¡No iba a llorar! ¡Era el momento de mostrarse fuerte y olvidar! Pero esa sola idea le hizo derramar una lágrima enorme. Miró a Sa' y vio que también estaba absorta en sus pensamientos. Su amiga la desconcertaba. Salvo contados momentos de debilidad, la mujer sentada a su lado parecía fuerte y segura de sí misma, como si todo aquello no fuera más que un reto. La curiosidad sustituyó al dolor y entonces su voz sobresaltó a Sa'.

—Hace mucho tiempo, cuando era una niña, abandonaron a mi abuela. Ya no podía andar y apenas veía. Teníamos tanta hambre que la gente casi no se tenía en pie, y mi madre murmuraba que tenía miedo de que a la gente se le ocurriera comer carne humana. Nunca había escuchado algo semejante, pero mi familia contaba historias sobre personas que habían llegado a estar lo bastante desesperadas como para cometer esas barbaridades. Con el corazón encogido, me aferraba a la mano de mi madre. Si alguien me miraba a los ojos, volvía la cabeza de inmediato, en el temor de que se fijaran en mí y se les ocurriera comerme. ¡Qué asustada estaba! También tenía hambre, pero era lo que menos me importaba. A lo mejor es porque era muy pequeña y me veía rodeada de mi familia. Cuando empezaron a hablar de dejar a mi abuela, sentí horror. Todavía puedo oír a mi padre y a mis hermanos discutiendo con los otros hombres, pero cuando mi padre volvió al refugio, miré su cara y supe lo que iba a ocurrir. Luego miré a mi abuela. Estaba demasiado ciega y sorda como para enterarse de lo que pasaba. —Ch'idzigyaak tomó aliento antes de continuar su historia.

»Una vez que la hubieron abrigado bien y colocado las mantas a su alrededor, creo que empezó a comprender lo que pasaba, porque al marchar del campamento la oí llorar. —La anciana se estremeció al recordarlo.

»Más tarde, cuando ya era mayor, me enteré de que mi hermano y mi padre habían vuelto para poner fin a la vida de mi abuela y evitar que sufriera. Y quemaron el cadáver por si alguien pretendía llenarse la barriga con su carne. No sé cómo, pero sobrevivimos a aquel invierno, aunque el único recuerdo claro que conservo es que no fue un tiempo dichoso. Conservo en la memoria otras épocas de hambre, pero ninguna tan terrible como aquélla.

Sa' sonrió tristemente, asintiendo a los dolorosos recuerdos de su amiga. Ella también tenía los suyos.

—De joven era como un muchacho —empezó—. Estaba siempre con mis hermanos, y de esa forma aprendí muchas cosas. De vez en cuando, mi madre intentaba que me sentara a coser, o que aprendiera lo que necesitaba saber para cuando me hiciera mujer. Pero mi padre y mis hermanos siempre me rescataban. Les gustaba tal como era. —Los recuerdos la hicieron sonreír.

»Nuestra familia era diferente a las demás. Mis padres nos dejaban hacer casi todo lo que queríamos. Teníamos obligaciones como todos, pero una vez que terminábamos, podíamos irnos de exploración. Nunca jugaba con los otros niños, sólo con mis hermanos. Me temo que no sabía lo que significaba hacerse mayor porque lo pasaba demasiado bien. Cuando mi madre me preguntaba si ya era mujer, no la entendía. Creía que se refería a mi edad, y no a lo otro. Verano tras verano, me hacía la misma pregunta, y cada vez su expresión se tornaba más preocupada. Yo no le hacía mucho caso. Pero cuando ya era tan alta como ella, y sólo un poco más baja que mis hermanos, la gente empezó a mirarme de forma rara. Chicas más jóvenes que yo ya eran madres y tenían su hombre. Yo seguía tan libre como una niña. —Sa' se rió con fuerza porque había comprendido con el tiempo por qué entonces la gente la miraba tanto.

»Empecé a oír que se reían de mí a mis espaldas y eso me desconcertaba. En cierto modo, no me importaba lo que la gente pensara, así que seguía cazando, pescando, explorando y haciendo lo que me apetecía. Mi madre intentaba que me quedara en casa y trabajara, pero yo me rebelaba. Mis hermanos ya tenían mujeres y le dije a mi madre que ya tenía ayuda suficiente y que me escaparía. Cuando mi madre acudía a mi padre para que me obligara a obedecer, yo aparecía con un montón de patos, pescado o cualquier otro tipo de alimento y mi padre decía "Déjala en paz". El tiempo pasó, y yo ya tenía la edad en que una mujer debe tener hombre e hijos, y todo el mundo murmuraba sobre mí. No entendía por qué, pues aunque no hubiera formado una familia, seguía desempeñando mi tarea, que consistía en abastecerles de comida. Había veces que traía más comida que los hombres, lo que no parecía gustarles. Por aquel entonces tuvimos el peor invierno de nuestra vida. Hacía tanto frío como ahora. —Sa' mostró su mano, helada.

»Los bebés morían y los hombres empezaron a asustarse porque no encontraban suficientes animales para comer. Había una mujer vieja en el grupo a la que nunca había prestado especial atención. El jefe decidió que teníamos que trasladarnos para buscar más comida. Había rumores de que más lejos encontraríamos caribús. Esto animó a todos.

»Había que transportar a la anciana. El jefe no quería esa carga, así que ordenó a los demás que la abandonaran. Nadie discutió su decisión, excepto yo. Mi madre intentó calmarme, pero yo era joven e impulsiva. Ella intentó convencerme de que era por el bien del grupo. Me parecío una absoluta desconocida, fría y sin sentimientos, cuando insistió en que no protestara, así que la rechacé indignada. Estaba confusa y furiosa. Creía que los demás se comportaban como unos holgazanes y que habían perdido el juicio. Mi obligación era hacerles entrar en razón. Y siendo como era, defendí a la mujer de cuya existencia apenas había tenido conocimiento hasta entonces. Pregunté a los hombres si no eran peores que los lobos que rechazan a los viejos y a los débiles de la manada.

»El jefe era un hombre cruel. Hasta entonces había tratado de evitarle, pero aquel día me planté ante él y le solté palabras muy duras a la cara. Podía ver que su irritación aumentaba por momentos, pero no pude contenerme. Aunque sabía que al jefe yo no le gustaba, seguí discutiendo, sin dejarle hablar cuando intentó rebatir mis acusaciones. Él había actuado mal y yo debía hacérselo ver. Mientras yo continuaba con mis recriminaciones, no me di cuenta de que el susto iba sacando al grupo de la apatía en que les había hecho caer el hambre. En el rostro del jefe apareció una mirada terrorífica y puso su enorme mano sobre mi boca. "Está bien, muchacha extraña", dijo muy alto, para humillarme. Levanté la barbilla desafiante para que viera que no le tenía miedo. "Tú te quedarás con la vieja", dijo. Mi madre sofocó un grito y se me encogió el corazón. Pero no me retracté y le aguanté la mirada sin parpadear siquiera.

»Mi familia estaba profundamente apenada, pero el orgullo y la vergüenza les impedían protestar. No querían una hija que se opusiera a los poderosos líderes del grupo. Yo no consideraba a los líderes como hombres fuertes. El jefe se comportó como si yo no existiera después del incidente, y nadie me hacía caso salvo mi familia, que me rogó que pidiera perdón al jefe. Sin embargo, no cedí. Mi orgullo iba en aumento a medida que los otros fingían no verme, y seguí intercediendo por la vida de la vieja.

—Sa' lanzó una carcajada al recordar su impetuosa juventud.

—¿Qué pasó después? —quiso saber Ch'idzigyaak.

Sa' hizo una pausa mientras revivía profundamente el dolor de aquellos recuerdos de antaño. Con voz suave, continuó:

—Una vez que se hubieron marchado, me sentí menos valiente. A pesar de que no había animales en muchos kilómetros a la redonda, estaba decidida a demostrar que con voluntad se podía conseguir casi todo. Así que con aquella mujer, de la cual nunca aprendí el nombre porque estaba demasiado ocupada intentando sobrevivir como fuera, comí ratones, búhos y cualquier cosa que se moviera. Yo los mataba y nos los comíamos. La anciana se murió aquel mismo invierno y entonces me quedé sola. Ni siquiera mi orgullo y habitual despreocupación podían ayudarme. Hablaba sola constantemente; ¿con quién más si no? Mi gente pensaría que me había vuelto loca si volvían y me encontraban así. Al menos tú y yo nos tenemos la una a la otra —dijo Sa' a su amiga, que asintió con la cabeza.

»Fue entonces cuando me di cuenta de la importancia de pertenecer a un grupo grande. El cuerpo necesita alimento pero la mente necesita gente. Cuando por fin el sol ya calentaba y se extendía sobre la tierra, me puse a explorar el territorio. Un día mientras caminaba, hablando conmigo misma como de costumbre, alguien me preguntó: "¿Con quién estás hablando?" Por un momento pensé que empezaba a tener alucinaciones. Me paré en seco y me giré lentamente. Frente a mí había un hombre grande y fuerte con los brazos cruzados, sonriéndome con descaro. Fui presa de distintas emociones. Estaba sorprendida, avergonzada y enfadada a la vez. "¡Me has asustado!", dije para disimular mis verdaderos sentimientos, pero mis mejillas ardían y supe que no le había engañado porque su sonrisa se hizo más ancha. Me preguntó qué hacía allí sola y se lo conté. Me inspiraba confianza. Me dijo que lo mismo le había pasado a él. Sólo que él había sido desterrado porque su inconsciencia le había llevado a luchar por una mujer destinada a otro. Estuvimos juntos durante mucho tiempo antes de que viviéramos como hombre y mujer. Nunca volví a ver a mi familia, y pasaron muchos años antes de que nos uniéramos al grupo.

»Un día intentó cazar un oso y murió. Qué

tonto —añadió con mal disimulada admiración, mientras un profundo pesar cubría su rostro.

Era la primera vez que Ch'idzigyaak veía a su amiga triste, y rompió el silencio para decir:

—Tuviste más suerte que yo, porque cuando se hizo evidente que no estaba interesada en elegir a un hombre, me obligaron a vivir con uno que era mucho mayor que yo. Apenas tuvimos relaciones. Pasaron muchos años antes de que tuviéramos nuestro primer hijo. Era mayor de lo que yo soy ahora cuando murió.

Sa' se rió.

—Mi gente habría elegido un hombre para mí también, si hubiera permanecido con ellos por más tiempo. —Después de un breve silencio continuó—: Y aquí estamos; ahora sí somos viejas: oímos el crujir de nuestros débiles huesos, y nos han abandonado a nuestro destino para que nos las arreglemos solas.

Las dos mujeres callaron mientras luchaban para no dejarse llevar por sus emociones. Tumbadas sobre sus camas calientes, oyendo la tierra fría que se estremecía fuera, reflexionaban sobre las experiencias que habían compartido. Cuando cayeron vencidas por el sueño, se sentían mejor porque se conocían más y porque ahora sabían que ambas habían sobrevivido a pruebas muy duras.

Los días se acortaron a medida que el sol se hundía más y más en el horizonte. A causa del frío los árboles crujían tan fuertemente que las mujeres se sobresaltaban. Hasta los sauces se partían con un chasquido. Poco a poco las mujeres iban acostumbrándose al lugar, pero las asaltaban muchas dudas. Temían a los lobos salvajes que aullaban a lo lejos. Otros miedos imaginarios las atormentaban también, porque tenían mucho tiempo para pensar durante aquellos oscuros días que discurrían lentamente. Mientras duraba la escasa luz diurna, se obligaban a moverse. Pasaban las horas en que permanecían despiertas recogiendo leña bajo la espesa nieve. Aunque escaseaba la comida, su mayor preocupación era procurarse calor, y por las noches se sentaban y charlaban, en un intento por combatir la soledad y los temores que las acechaban. El Pueblo no estaba acostumbrado a malgastar el tiempo en charlas ociosas. Cuando hablaban, no lo hacían para entretenerse, sino para comunicarse. Pero las dos ancianas hicieron una excepción durante aquellas largas tardes. Conversaban, y un sentido de respeto mutuo nació entre ellas al conocer las dificultades que cada una había tenido que superar en el pasado.

Transcurrieron muchos días antes de que las mujeres atraparan más conejos. Hacía mucho que no tomaban una comida de verdad. Mantenían su energía hirviendo las ramas de los sauces para fabricar una especie de té de menta que provocaba acidez en el estómago. Sabiendo lo peligroso que era tomar alimento sólido después de una dieta semejante, cuando por fin tuvieron su presa primero hirvieron el conejo para hacer un nutritivo caldo que bebieron despacio. Durante un día eso fue lo único que tomaron y al día siguiente sólo comieron una pata de conejo. Cada día aumentaban la ración y pronto recuperaron las fuerzas.

Altas pilas de leña rodeaban el refugio como una barricada, así que pudieron dedicar más tiempo a buscar comida. Fueron recobrando su anterior habilidad para la caza, y cada vez se alejaban más del refugio para poner las trampas y comprobar si había otros animales pequeños para cazar además de conejos. Una de las lecciones que habían aprendido era la de inspeccionar regularmente las trampas colocadas. El descuido de esta tarea traía mala suerte. Así que, a pesar del frío y de sus achaques, diariamente examinaban las trampas y casi siempre encontraban un conejo como recompensa.

Al caer la noche, una vez que habían cumplido las obligaciones del día, las mujeres tejían las pieles de conejo para hacer mantas, ropa, manoplas y bufandas para protegerse la cara. A veces, como algo excepcional, una de ellas regalaba un gorro o manoplas de piel de conejo a la otra, lo que siempre provocaba amplias sonrisas.

A medida que pasaban los días, el tiempo iba haciéndose menos riguroso y las mujeres vivieron momentos de regocijo. ¡Habían sobrevivido al invierno! Recuperaron fuerzas y se dedicaron con más ahínco a la tarea de recoger leña, comprobar las trampas y explorar la zona en busca de otros animales que no fueran conejos. Aunque ya no se quejaban, estaban hartas de una dieta basada exclusivamente en carne de conejo y soñaban con poder saborear otras especies de caza, como urogallos, ardillas o castores.

Una mañana, al despertarse, Ch'idzigyaak sintió que algo andaba mal. Su corazón latía con violencia mientras se incorporaba lentamente; temiendo lo peor, asomó la cabeza fuera del refugio. Al principio, todo parecía tranquilo. Luego avistó a corta distancia una bandada de perdices que picoteaban los restos de un árbol caído. Con manos trémulas sacó sin hacer ruido una tira fina de babiche de su bolsa de costura y salió sigilosamente de la tienda. Eligió un palo largo de la pila de leña más cercana, hizo un lazo corredizo en la punta y empezó a gatear hacia la bandada.

Las perdices empezaron a cloquear con nerviosismo al percatarse de su presencia. Como vio que la bandada estaba a punto de alzar el vuelo, Ch'idzigyaak se quedó inmóvil unos minutos para que se tranquilizaran. Estaban bastante cerca de ella, y rogó para que Sa' no se despertara y hiciera algún ruido que las ahuyentara. Las rodillas le dolían y las manos le temblaban, pero Ch'idzigyaak empujó poco a poco el palo hacia delante. Algunas de las perdices volaron con estrépito hacia otro grupo de sauces cercanos, pero ella no perdió la calma y, muy despacio, empezó a levantar el palo al ver que el resto de la bandada andaba más deprisa. Ch'idzigyaak se concentró en el ave que tenía a su alcance. Ésta hizo unos pequeños movimientos en dirección al lazo, dando cabezadas. Cuando las perdices comenzaron a correr ruidosamente y a levantar el vuelo, Ch'idzigyaak echó el lazo hacia delante justo hasta rodear el cuello de su presa; entonces dio un tirón con el palo hacia arriba mientras el animal graznaba y se retorcía, hasta que quedó colgado sin vida. De pie, con la perdiz muerta en la mano, Ch'idzigyaak se volvió hacia la tienda y vio el rostro sonriente de su amiga.

Ch'idzigyaak notó que el aire era más templado y, en ese instante, Sa' comentó suavemente:

—Hace mejor tiempo.

Los ojos de la mujer mayor se agrandaron por la sorpresa.

—Tenía que haberme dado cuenta. Si hubiera hecho mucho frío me habría congelado en mi posición de zorro furtivo.

Eso las hizo reír con ganas y regresaron al refugio para preparar la carne para la nueva temporada que se avecinaba. Después de aquella mañana, los días fluctuaron entre un frío intenso y temperaturas más altas y con nieve. El hecho de que sólo consiguieran un ave no las desanimó, porque los días eran cada vez más largos, templados y luminosos.

Las rutas que aparecen en este plano las tomé de un mapa de la zona de Yukon Flats con la ayuda de mi madre. Las rutas de invierno no son históricamente exactas en su totalidad, pero muestran los lugares a través de los cuales la gente gwich'in viajó durante muchos años antes de la llegada de la cultura occidental.

La gente gwich'in utilizaba muchos senderos durante las épocas de invierno y verano, pero con el paso de los años muchos han sido olvidados o borrados por la naturaleza, y las generaciones más jóvenes los han sustituido por otros más cortos.

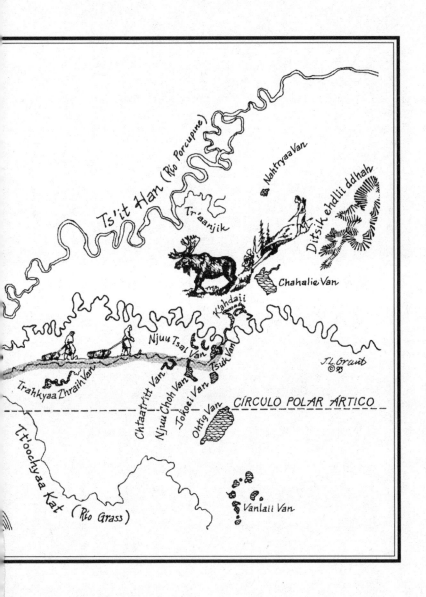

5

UN LUGAR SEGURO
PARA EL PESCADO

El invierno pasó, y las dos ancianas pudieron dedicar más tiempo a la caza. Celebraban banquetes con las pequeñas ardillas que saltaban de árbol en árbol y las bandadas de perdices que parecían estar por todas partes.

Con los días calurosos de primavera llegó el momento de cazar ratas almizcladas. Las mujeres habían aprendido hacía mucho tiempo la habilidad y la paciencia necesarias para ello. En primer lugar tenían que confeccionar redes y trampas especiales. Doblaron una rama de sauce en forma de aro y ataron con firmeza sus extremos. Entretejieron finas tiras de cuero de alce dentro de los armazones para formar redes toscas pero resistentes. Luego, un día de sol, salieron en busca del túnel de las ratas almizcleras.

Después de caminar durante mucho tiempo, llegaron a un conjunto de lagos donde encontraron rastros de estos animales. Eligieron un lago en el que se podían distinguir los pequeños terrones negros que constituían sus guaridas y que aún sobresalían sobre el hielo que se derretía. Una vez localizado el túnel, las dos ancianas señalizaron cada extremo del sendero subterráneo con un palo. Si el palo se movía significaba que una rata pasaba por el túnel, y cuando salía por el extremo opuesto una de las mujeres la atrapaba con su red y terminaba con su vida dándole un golpe seco en la cabeza. El primer día las mujeres cazaron diez piezas, pero quedaron tan extenuadas por la tensión que suponía tener que doblarse y permanecer a la espera en esa posición, que la caminata hacia el campamento se les hizo eterna.

Los días de primavera les dejaban poco tiempo para charlar o reflexionar sobre el pasado porque estaban demasiado atareadas cazando ratas almizcleras y algunos castores, y ahumándolos para su conservación. Tenían tanto quehacer que apenas les quedaba tiempo para comer, y por las noches enseguida caían profundamente dormidas. Cuando consideraron que habían cazado bastantes ratas almizcleras y castores, aparejaron sus bártulos y volvieron al campamento principal.

Sin embargo las mujeres seguían sintiéndose vulnerables. La zona rebosaba de vida animal y creían que con el tiempo aparecería otra gente. Lo más probable es que fueran de los suyos, pero desde que habían sido abandonadas aquel frío día de invierno, se sentían indefensas ante la generación más joven que había traicionado su confianza para siempre. Ahora, el recelo las había vuelto precavidas ante lo que podría pasar si alguien las encontraba y descubría sus cada vez mayores provisiones. Discutieron sobre lo que debían hacer, y acordaron que sería mejor irse hacia un lugar menos confortable, un lugar que a nadie le apeteciera explorar, un lugar, por ejemplo, en el que los grandes enjambres de insectos propios del verano resultaran insoportables.

A las mujeres no les gustaba la idea de tener que vérselas con los innumerables mosquitos sedientos de sangre que les esperaban entre los arbustos y sauces, pero el miedo a los humanos era aún mayor. Así que recogieron todas sus pertenencias e iniciaron los preparativos para trasladarse hacia su escondite. De día trabajaban durante las horas de mayor calor, cuando los mosquitos parecían esconderse, y al caer la noche se sentaban al humo de la hoguera para protegerse. Tardaron días en trasladar el campamento, pero por fin se detuvieron cerca del arroyo y lanzaron una última mirada, deseosas de que el viento barriera cualquier indicio de su paso.

Antes del traslado, las mujeres habían arrancado grandes cantidades de corteza de abedul y ahora se daban cuenta de su error. Aunque tenían la costumbre de coger trozos de corteza procedentes de árboles muy distanciados uno del otro, ningún ojo alerta pasaría por alto ese detalle. Pero ya no había remedio, y con resignación abandonaron el campamento en busca de un lugar menos agradable en la espesura.

Las dos ancianas pasaron los últimos días de primavera tratando de hacer más habitable su nuevo campamento. Levantaron unos refugios ocultos entre los sauces, bajo las sombras de los altos abetos, en lo más profundo del bosque. Después descubrieron un lugar fresco donde cavaron un agujero hondo que recubrieron con ramas de sauce. Allí guardaron una buena reserva de carne seca para el verano. También colocaron unas cuantas trampas encima para ahuyentar a cualquier depredador de fino olfato. Estaban rodeadas de mosquitos y, mientras trabajaban, utilizaban viejos métodos de protección para evitar que las acribillaran. Se engancharon borlas de cuero alrededor de la cara y por toda la ropa para evitar las picaduras de los insectos. Cuando eso parecía no ser suficiente, las mujeres se embadurnaban con grasa de rata almizclera para repeler aquella plaga de insectos voladores. Entretanto, trazaron un sendero escondido hacia el arroyo, donde recogían agua, y ya a punto de llegar el verano, montaron las trampas de pescar. Una vez preparadas las trampas, la obtención del pescado no presentaba ningún problema. Tuvieron que trasladar el campamento más cerca del arroyo para no retrasarse en las tareas de cortar y secar. Al cabo de los días, un oso empezó a alimentarse del pescado que las mujeres habían guardado. Eso las preocupó, pero pronto llegaron a un inusitado acuerdo con el oso: depositaban las entrañas de los peces lejos del campamento, donde el voraz animal podía tranquilamente tomarse todo el tiempo que le diera la gana para saborearlas.

Muy pronto, el sol ya se recortaba, frío y naranja, en el horizonte del atardecer, y ellas supieron que el verano se terminaba. Para alegría de las mujeres, por esa misma época era cuando el salmón empezaba a abrirse camino para remontar el arroyo y depositar las huevas. Por lo tanto, durante un corto período tuvieron trabajo con la carne rojiza del pescado. El oso desapareció de la zona, pero las mujeres siguieron depositando las tripas junto al arroyo, bastante más abajo de su campamento. Si el oso no se las comía, los inevitables cuervos las devorarían en un santiamén. Las mujeres comían de manera frugal, y conservaban parte de los intestinos de los peces por razones diversas. Por ejemplo, los intestinos del salmón se aprovechaban para guardar agua, y trabajaban la piel para hacer bolsas en las que almacenaban el pescado seco. Estas tareas las tenían tan ocupadas que se levantaban a primera hora de la mañana y no se acostaban hasta muy entrada la noche; de esta forma, casi sin darse cuenta, el breve verano ártico llegó a su fin y apareció el otoño.

Con el cambio de estación, las mujeres dejaron de pescar y acarrearon sus bien surtidas provisiones al campamento escondido. Allí se encontraron con un nuevo problema. Habían recogido tanto pescado que no tenían dónde almacenarlo, y con el invierno ya cerca habría un sinfín de pequeños animales en búsqueda de comida invernal. Finalmente, fabricaron pequeñas despensas para el pescado, y debajo de ellas colocaron haces de espinas y maleza para disuadir a los animales de aproximarse. Bien fuera porque el método funcionó, o porque tuvieron suerte, el caso es que los animales no se acercaron a las despensas.

A lo lejos, y por detrás del campamento, había una colina baja que las mujeres no habían tenido tiempo de explorar. Un día, cuando la caza estival había terminado, Sa' se preguntó qué sorpresas las aguardarían en la colina o en sus alrededores. Un día se decidió y, armada con la lanza, el arco y las flechas que ella y su amiga habían hecho, anunció que iría a hacer un reconocimiento de la colina. A Ch'idzigyaak no le gustó la idea, pero sabía que no podía disuadir a su amiga.

—Mantén el fuego encendido y la lanza cerca de ti y estarás a salvo —dijo Sa', mientras Ch'idzigyaak meneaba la cabeza con aire de reproche.

Para Sa' era un día de ocio. Se sentía ligera por primera vez en muchos años y, como una niña, se aferraba a esa sensación con avidez. Era un hermoso día. Las hojas se iban tiñendo de un dorado brillante, el aire era fresco y limpio y a Sa' casi le entraron ganas de brincar. Desde lejos no parecía una anciana porque se la veía ágil y enérgica. Cuando llegó a la cima, soltó una exclamación de sorpresa. Ante ella se extendían inmensos macizos de arándanos. Se puso de rodillas y empezó a coger puñados del pequeño fruto rojo y a llenarse la boca con él. Mientras devoraba aquel delicioso manjar un movimiento en la maleza cercana la hizo estremecerse.

Poco a poco se obligó a mirar hacia el lugar de donde venía el ruido, imaginándose lo peor. Se tranquilizó cuando vio que era un alce macho. Entonces recordó que en esa época del año un alce macho podía ser el más peligroso entre los animales de cuatro patas. Por lo general tímido, durante la época de celo el alce no tiene miedo del hombre ni de nada que se mueva o se interponga en su camino.

El animal se quedó quieto durante un largo rato. Parecía tan sorprendido e indeciso ante la pequeña mujer como lo estaba ella ante él. Mientras su pulso volvía poco a poco a la normalidad, Sa' imaginó el delicioso sabor que la carne de alce tendría durante el largo invierno que las esperaba. En un impulso irrefrenable, echó mano a su carcaj para coger una flecha y colocarla en el arco. El alce enderezó las orejas al oír el movimiento, luego se dio la vuelta y echó a correr en dirección opuesta, al tiempo que la flecha caía, inofensiva, en el suelo blando.

Tentando a la suerte, Sa' no se rindió. No podía correr tanto como cuando era joven, pero renqueando más que corriendo avanzó en persecución del animal. Un alce siempre es más rápido que un humano, a menos que haya mucha nieve. Pero en un día sin nieve como aquél, el alce corría a toda velocidad y aventajaba en un buen trecho a Sa', quien apenas veía sus enormes cuartos traseros desaparecer detrás de los arbustos mientras trataba de recuperar el aliento. El alce se detuvo muchas veces; daba la impresión de estar jugando con Sa', y cada vez que ella estaba a punto de alcanzarle, echaba a correr de nuevo. Normalmente un alce se alejaría lo más posible de un depredador, pero ese día el alce no tenía muchas ganas de correr, ni se sentía amenazado, así que la anciana no lo perdía de vista. Era obstinada y no quería darse por vencida, aunque sabía que no tenía nada que hacer. Al final de la tarde, el alce parecía cansado del juego mientras la miraba por el rabillo de sus ojos redondos y oscuros; luego levantó una oreja y comenzó a correr más rápido. Sólo entonces Sa' admitió su derrota y miró con desaliento el arbusto vacío. Lentamente emprendió el camino de regreso mientras se repetía a sí misma una y otra vez: «Si hubiera tenido cuarenta años menos podría haberlo seguido.»

Era ya muy tarde cuando Sa' llego al campamento, donde su amiga permanecía expectante junto a la hoguera. Cuando Sa', cansada, se dejó caer sobre un montón de ramas de abeto, Ch'idzigyaak no pudo evitar soltarle:

—Creo que hoy me he echado unos cuantos años encima por lo preocupada que me has tenido.

A pesar del reproche que había en su voz, Ch'idzigyaak se sentía muy aliviada de que nada malo le hubiera ocurrido a Sa'.

Como sabía que se había portado tontamente, Sa' comprendió lo mal que lo había pasado su amiga y se sintió avergonzada. Ch'idzigyaak le pasó una taza con pescado caliente y Sa' lo comió despacio. Cuando hubo recobrado las fuerzas, Sa' le contó a Ch'idzigyaak lo que había hecho durante el día. Ch'idzigyaak sonrió al imaginarse a su amiga corriendo tras un alce macho de largas patas, pero su sonrisa no fue demasiado amplia porque no solía reírse de los demás. Sa' se sentía agradecida por ello, y al recordar los arándanos, le contó a su amiga el gran hallazgo y las dos se animaron.

Sa' tardó unos días en recuperarse de su aventura con el alce, así que las dos ancianas se quedaron sentadas confeccionando grandes cestos con corteza de abedul. Luego volvieron a la colina y recogieron todos los arándanos que pudieron. Para entonces el otoño ya había llegado, y por las noches refrescaba, lo que hizo recordar a las mujeres que tenían que almacenar leña para el invierno.

Apilaron la leña en montones altos alrededor de la despensa y el refugio, y cuando ya no quedaba ni una sola rama en torno al campamento, se adentraron profundamente en el bosque para recoger más haces de leña, que transportaron sobre sus espaldas. La tarea se prolongó hasta que empezaron a caer los primeros copos de nieve, y un día al despertarse encontraron la tierra cubierta por un manto blanco. Ahora que se acercaba el invierno, las mujeres pasaban más tiempo en su refugio, junto a la cálida hoguera. Sus días transcurrían más tranquilos porque estaban preparadas.

Las ancianas se adaptaron pronto a la rutina diaria de recoger leña, mirar las trampas para los conejos y derretir nieve para obtener agua. Por las tardes se sentaban junto a la hoguera, y se hacían compañía mutuamente. Durante los meses anteriores habían estado demasiado ocupadas como para pensar en lo que les había ocurrido, y si aquellos recuerdos cruzaban su mente, trataban de alejarlos. Pero ahora, que ya no tenían otra cosa que hacer por las tardes, aquellos tristes pensamientos volvían a ellas hasta que casi dejaron de hablar y únicamente contemplaban, pensativas, la pequeña hoguera. Era tabú pensar en los que las habían condenado a una muerte segura, pero aquellos pensamientos traidores no las abandonaban.

La oscuridad se prolongó y la tierra se detuvo y se tornó silenciosa. Les costó mucho llenar aquellos largos días. Hicieron muchos artículos de piel de conejo: manoplas, gorros y pasamontañas. Pero a pesar de ello, sentían que una gran soledad se cernía lentamente sobre ellas.

6

TRISTEZA Y HAMBRE

El jefe siguió escudriñando los alrededores con ojos envejecidos por una profunda tristeza. Su gente se encontraba en un estado desesperado: los ojos y las mejillas se hundían en los rostros demacrados y sus ropas harapientas apenas podían protegerles del frío. Muchos de ellos se habían congelado. La suerte estaba en su contra. En un intento desesperado por encontrar algo de caza, volvieron al lugar donde habían abandonado a las dos ancianas el invierno anterior.

Con tristeza, el jefe recordó cómo había luchado contra el impulso de volver y salvar a las viejas. Pero aceptarlas de nuevo era lo peor que podía hacer. Entre los jóvenes más ambiciosos ese gesto hubiera sido visto como un acto de debilidad y, tal como estaban las cosas, no hubiera sido difícil convencer a los demás de que su jefe no era de confianza. No, él sabía que un drástico cambio en la jefatura habría hecho más daño que el hambre, porque cuando un grupo se muere de hambre, una mala política conduce al desastre. El jefe recordó aquel momento de horrible debilidad, en que casi permitió que sus emociones los arrastraran a todos al desastre.

Ahora, una vez más, la gente sufría, y el invierno los encontró al borde de la desesperación. Después de volver la espalda a las ancianas, el Pueblo viajó muchas millas hasta que localizó una pequeña manada de caribúes. La carne les alimentó hasta la primavera, cuando empezaron a coger peces, patos, ratas almizcleras y castores. Pero cuando empezaban a recuperar la energía para cazar y secar sus provisiones, la estación veraniega llegó a su fin y hubo que trasladarse a un lugar donde hubiera carne para el invierno. El jefe nunca había conocido una temporada tan desafortunada. Mientras viajaban, la estación otoñal llegó y pasó y, una vez más, el grupo se encontró casi sin comida. El jefe se sentía abatido, y una sensación de pánico y de desconfianza en sí mismo lo inundaba. ¿Cuánto tiempo podría resistir antes de que él también fuera vencido por el hambre y el agotamiento que minaba sus decisiones? El Pueblo parecía haberse rendido en su intento por sobrevivir. Ya no prestaban atención a sus discursos y le miraban con ojos inexpresivos como si sus palabras carecieran de sentido.

Otro asunto que preocupaba al jefe era su decisión de volver al lugar donde habían abandonado a las dos ancianas. Nadie discutió su decisión cuando los llevó hasta allí, pero sabía que estaban sorprendidos. Miraban a su alrededor como si esperaran algo de él, o aguardaran la aparición de las dos mujeres. El jefe evitó sus miradas para que no se dieran cuenta de que estaba tan desconcertado como los demás. No había ninguna señal de que alguien hubiera sido abandonado allí; ni siquiera un hueso que demostrara que las viejas habían muerto. Aunque un animal hubiera despojado de carne sus huesos, dejaría algún rastro de la presencia de seres humanos. Pero no había nada, ni siquiera la tienda donde las dos mujeres se habían refugiado.

Entre ellos había un guía llamado Daagoo. Aunque más joven que las ancianas, se le consideraba un viejo. En su juventud, Daagoo había sido rastreador, pero los años le habían restado visión y destreza. Expresó lo que los otros no se atrevían a reconocer:

—Tal vez se fueron.

Lo dijo en voz baja para que sólo lo oyera el jefe. Pero en el silencio reinante sus palabras fueron oídas por muchos más y algunos sintieron renacer la esperanza de volver a ver a las mujeres a las que habían querido.

Después de levantar el campamento, el jefe llamó al guía y a tres de los cazadores jóvenes más fuertes.

—No sé qué está pasando, pero tengo la sensación de que no todo es lo que parece. Quiero que vayáis a los campamentos más próximos y veáis qué podéis descubrir.

El jefe no dijo nada más sobre sus sospechas, pero sabía que el guía y los tres cazadores comprenderían, en especial Daagoo, porque había estado a su lado el tiempo suficiente para adivinar su pensamiento sólo con mirarlo. Daagoo sentía un gran respeto por el jefe y sabía los remordimientos que tenía por el abandono de las dos ancianas y el sufrimiento por el que estaba pasando. Sabía también que el jefe se despreciaba por su debilidad, y que todo ello se reflejaba en las profundas arrugas de amargura que se dibujaban en su rostro. El viejo suspiró. Preveía que pronto aquel aborrecerse a sí mismo haría estragos y no le gustaba la ida de que un buen hombre como aquél se destrozara de esa forma. Sí, intentaría descubrir lo que había pasado con las mujeres, aunque fuera un esfuerzo inútil.

Mucho después de que los cuatro hombres hubieran abandonado el campamento, el jefe seguía con la mirada fija en la dirección en que se habían ido. No podía dar una razón concreta de por qué malgastaba unas energías y un tiempo preciosos en lo que podía ser una misión absurda. Sin embargo, en su interior latía una extraña sensación de esperanza. ¿Esperanza? ¿De qué? No lo sabía con certeza. De lo único que estaba seguro era que en tiempos difíciles el Pueblo debía permanecer unido, y el invierno pasado no había sido así. Habían cometido una injusticia con ellos mismos y con las mujeres, y desde entonces el Pueblo sufría en silencio. La única solución sería que las dos ancianas hubieran sobrevivido, pero las posibilidades eran mínimas. ¿Cómo podrían dos seres débiles sobrevivir a las heladas, sin comida ni fuerzas para cazar? Aun así, no podía renunciar a aquel resquicio de esperanza que había perdurado a pesar de toda aquella desventura. Encontrar a las mujeres vivas daría al Pueblo una segunda oportunidad, y eso era lo que más deseaba.

Los cuatro hombres estaban acostumbrados a recorrer largas distancias. En un día recorrieron la misma distancia que para las mujeres había supuesto días enteros de viaje hasta su primer campamento. Cuando llegaron no encontraron nada salvo un paisaje inabarcable de nieve y árboles. La caminata acabó con sus ya escasas fuerzas y decidieron pasar allí la noche. Cuando la primera luz de la mañana despuntó, los hombres se levantaron y se pusieron en marcha de nuevo.

La luz diurna se desvanecía cuando llegaron al segundo campamento y no encontraron señal alguna de que hubiese sido habitado en mucho tiempo. Empezaron entonces a impacientarse. Desde muy niños se les había enseñado a respetar a sus mayores, pero a veces creían saber más que los viejos. Aunque no lo expresaron en voz alta, creían estar desperdiciando un tiempo precioso, que debería ser aprovechado para cazar alces.

—¡Vámonos ya! —dijo uno de los jóvenes; los otros se pusieron enseguida de su parte.

Los ojos del guía brillaron con ironía. ¡Qué impacientes eran! Pero Daagoo no les criticaba por ello, porque él también había sido fogoso en su juventud. Así que dijo:

—Mirad con detenimiento lo que os rodea.

Los jóvenes cazadores le miraron con impaciencia.

—Mirad esos abedules —insistió Daagoo, y los hombres fijaron la mirada vacía en los árboles. No vieron nada extraño. Daagoo suspiró y eso llamó la atención de uno de los jóvenes, que intentó de nuevo descubrir qué era lo que veía el viejo. Finalmente, sus ojos se agrandaron.

—¡Mirad! —exclamó mientras señalaba un hueco en el tronco de un abedul.

Entonces observaron que otros árboles, bastante alejados entre sí, habían sido cuidadosamente pelados; parecía hecho con la intención de que nadie se diera cuenta.

—A lo mejor fue otro grupo —dijo uno de los hombres.

—¿Por qué iban a intentar ocultar esas marcas en los árboles? —preguntó Daagoo.

El joven se encogió de hombros sin saber qué responder, así que Daagoo les dio instrucciones.

—Antes de volver, quiero explorar esta zona. —Sin darles tiempo a que protestaran, el guía mandó a cada uno en una dirección diferente—. Si veis algo raro, volved aquí enseguida y os acompañaré para ver qué es.

A pesar del cansancio, los hombres empezaron a buscar, pero con reticencia. No tenían ninguna confianza en que las dos mujeres vivieron todavía.

Entretanto, Daagoo tomó la dirección que

creía habían seguido las dos mujeres. «Si tuviera miedo de que me encontraran los mismos que me habían dejado morir, iría en esta dirección», murmuró para sí. «No tiene sentido porque se aleja del agua, pero en invierno no dependen del río. Sí, debieron de ir hacia allá.»

Daagoo caminó un buen trecho entre los sauces y bajo los altos abetos. Mientras caminaba trabajosamente por la nieve, empezaba a sentirse cansado y a preguntarse si estaría haciendo lo correcto. ¿Cómo podía creer que las dos ancianas hubieran sobrevivido cuando ellos, el Pueblo, a duras penas lo habían logrado? Sobre todo aquellas dos. No hacían más que protestar. Incluso cuando los niños tenían hambre, las mujeres continuaban quejándose y criticando. Muchas veces Daagoo había esperado que las hicieran callar, pero no ocurrió hasta el día en que las cosas se descontrolaron. La convicción de que la búsqueda era inútil comenzaba a cobrar fuerza en él. Seguramente, las mujeres se habían perdido y muerto en el camino. O se habían ahogado al intentar cruzar el río.

Cada nuevo pensamiento le restaba confianza. Luego, de repente, olfateó algo. En el diáfano aire invernal, un ligero olor a humo llegó hasta él y desapareció. Daagoo se quedó muy quieto e intentó atrapar el olor de nuevo, pero no hubo forma. Por un momento se preguntó si no había sido su imaginación. A lo mejor, una hoguera de verano cercana había dejado un olor persistente en el aire. Resistiéndose a creerlo, el viejo volvió sobre sus pasos con lentitud hasta que, una vez más, lo percibió. Era un olor apenas perceptible, pero esta vez Daagoo descartó que proviniera de un fuego veraniego. No, aquel humo era reciente. Más animado, empezó a caminar, primero en una dirección y luego en otra, hasta que el humo se hizo más denso. Convencido de que procedía de una hoguera cercana, una sonrisa acentuó las arrugas de su rostro. Ya no tenía ninguna duda: las dos mujeres habían sobrevivido.

Daagoo se apresuró a volver para alcanzar a los jóvenes, que lo esperaban con la misma impaciencia de antes. Cuando Daagoo los hizo señas instándolos a que lo siguieran, al principio se resistieron, pero luego acabaron cediendo de mala gana y se adentraron con el viejo en la oscuridad durante un largo rato. Por fin, el guía alzó las manos para que se detuvieran. Levantó la nariz y les dijo que olieran el aire. Los cazadores le obedecieron pero no notaron nada.

—¿Qué quieres oler? —preguntó uno de ellos.

—Oled —contestó Daagoo.

Así que los hombres olisquearon de nuevo hasta que uno exclamó:

—¡Es humo!

Los otros siguieron husmeando con mayor interés hasta que también sintieron el olor. Todavía escéptico, uno de los jóvenes le preguntó a Daagoo qué esperaba encontrar.

—Ya veremos —contestó sencillamente mientras les conducía hacia el humo.

Los ojos del guía se contrajeron en la oscuridad buscando la luz de una hoguera. No vio más que perfiles de abetos y sauces. Ayudado por el resplandor de las innumerables estrellas, Daagoo comprobó que la nieve estaba intacta. Nada se movía, todo estaba silencioso. Sin embargo, aquel humo indicaba que había un campamento cerca. El viejo rastreador estaba tan seguro de que las ancianas se hallaban vivas y cerca de allí como de que la sangre corría por sus venas. Finalmente no pudo refrenar su emoción y volviéndose a los jóvenes dijo:

—Las ancianas están por aquí.

Los jóvenes sintieron que un estremecimiento les recorría la espalda. Seguían sin creer que hubieran sobrevivido. Daagoo ahuecó las manos en torno a la boca, y gritó los nombres de las mujeres en el silencio de la noche aterciopelada, añadiendo su propio nombre. Luego esperó y escuchó tan sólo el sonido de sus palabras que se perdían en el silencio.

7

UNA GRIETA
EN EL SILENCIO

Ch'idzigyaak y Sa' se acomodaron para pasar la noche. Como siempre, después de terminar sus tareas cotidianas y cenar, las dos mujeres se sentaron y charlaron junto al fuego. Ahora hablaban del Pueblo con frecuencia. La soledad y el tiempo habían aliviado sus recuerdos más amargos, y el odio y el miedo nacidos de aquella insospechada traición del año anterior parecían atenuados por las muchas noches transcurridas a solas con sus pensamientos. Todo les parecía ahora un sueño lejano. Con el estómago lleno, las mujeres, cómodamente instaladas en su refugio, se sorprendían ahora de cuánto echaban de menos a su gente. Cuando la conversación se agotó, las ancianas permanecieron calladas, sumidas en sus pensamientos.

De repente, el silencio se quebró, y las mujeres oyeron que alguien gritaba sus nombres. Sus miradas se encontraron por encima de la hoguera y comprendieron que no eran imaginaciones suyas. La voz del hombre sonó más fuerte y se identificó. Las mujeres conocían al viejo guía, tal vez pudieran fiarse de él. Pero ¿y los otros? Fue Ch'idzigyaak quien habló primero:

—Aunque no contestemos, seguro que nos encontrarán.

Sa' se mostró de acuerdo.

—Sí, nos encontrarán. —En su cabeza bullían mil ideas.

—¿Qué vamos a hacer? —gimoteó Ch'idzigyaak, aterrada.

Sa' reflexionó un momento. Luego dijo:

—Debemos decirles que estamos aquí. —Al ver la expresión de pánico en los ojos de su amiga, Sa' continuó inmediatamente en un tono suave y tranquilizador—: Debemos mostrarnos valientes y enfrentarnos a ellos. Pero, amiga mía, hay que estar preparadas para lo peor. —Esperó un momento antes de añadir—: Incluso la muerte.

Sus palabras no consolaron a Ch'idzigyaak, que estaba más asustada que nunca. Las dos permanecieron largo tiempo sentadas, intentando reunir el valor suficiente. Sabían que no podían seguir huyendo. Al fin, Sa' se levantó sin prisas, salió al aire frío de la noche y gritó roncamente:

—¡Estamos aquí!

Daagoo seguía sentado pacientemente, alerta, mientras los jóvenes le miraban con aire incrédulo. ¿Y si eran otra gente? ¿Por qué no podían ser enemigos? Cuando uno de los hombres iba a expresar sus dudas, de las tinieblas surgió la respuesta de Sa'. Una gran sonrisa iluminó el rostro del viejo guía. ¡Lo sabía! Estaban vivas. De inmediato se dirigieron al lugar de donde había llegado el sonido. Las voces de las mujeres parecían cercanas; sin embargo, los hombres tardaron un buen rato en llegar hasta el campamento.

Por fin el grupo llegó a la luz de la hoguera que ardía fuera del refugio. Junto a él estaban las dos ancianas, armadas con unas imponentes lanzas largas y afiladas. Daagoo sonrió, admirado; las viejas parecían dos guerreros en pie de guerra dispuestos a defenderse.

—No os haremos daño —les aseguró.

Las mujeres lo miraron, desafiantes, durante un instante.

—Creo que vienes en son de paz, pero ¿qué hacéis aquí? —empezó Sa'.

El guía tardó en contestar, porque no sabía cómo explicárselo.

—El jefe me envió a buscaros. Imaginaba que estabais vivas y ordenó que os buscáramos.

—¿Por qué? —preguntó Ch'idzigyaak recelosa.

—No lo sé —dijo simplemente Daagoo. En realidad, ni él ni el jefe habían previsto lo que pasaría una vez que estuvieran frente a las dos mujeres, y ahora estaba confundido porque era evidente que las ancianas no se fiaban de ninguno de ellos—. Tendré que volver para comunicarle al jefe que os hemos encontrado —dijo.

Eso era lo que las dos mujeres suponían, así que Sa' preguntó:

—¿Y después qué?

El guía se encogió de hombros.

—No lo sé. Pero ocurra lo que ocurra, el jefe os protegerá.

—¿Cómo hizo la última vez? —preguntó con dureza Ch'idzigyaak.

Daagoo sabía que si quería, él y los otros tres cazadores reducirían sin ningún esfuerzo a las dos mujeres y se apoderarían de sus armas. Pero sentía una admiración creciente por ellas al ver que estaban dispuestas a llegar hasta el final. No eran las mismas que había conocido.

—Os doy mi palabra —dijo sin inmutarse.

Las mujeres se dieron cuenta de la importancia de aquella promesa y permanecieron en silencio largo rato.

Sa' se fijó en lo demacrados y agotados que estaban los hombres. Hasta el guía, que permanecía orgullosamente de pie, parecía desamparado.

—Debéis de estar cansados —dijo en tono desganado—. Entrad. —Y los condujo al interior del refugio amplio y cálido.

Los cuatro hombres entraron en la tienda con cautela, conscientes de que no eran bien recibidos. Las mujeres hicieron un ademán para que se sentaran en torno al fuego, y entonces Sa' hurgó entre las pieles de su lecho, junto a la pared, y extrajo una bolsa de la que sacó un poco de pescado seco para cada uno de ellos. Mientras comían, los hombres miraban a su alrededor. Comprobaron que los lechos de las dos ancianas estaban cubiertos de mantas de pieles de conejo recién confeccionadas. Aquellas mujeres tenían mejor aspecto que todos ellos. ¿Cómo podía ser? Una vez que terminaron con el pescado seco Sa' les sirvió caldo de conejo que bebieron con agradecimiento.

Ch'idzigyaak, desde un rincón, contemplaba con aire torvo a los cazadores, que se sentían incómodos. Con gran asombro por su parte, los hombres pudieron constatar que aquellas dos mujeres no sólo habían sobrevivido, sino que disfrutaban de una salud envidiable, mientras que ellos, los hombres más fuertes del grupo, estaban desfallecidos por el hambre.

Sa' también observaba a los hombres mientras comían. Aunque intentaban comer poco a poco, a la luz se podía apreciar la delgadez de sus rostros y se convenció de que no se habían estado alimentando debidamente. Ch'idzigyaak también se percató de ello, pero su corazón estaba lleno de resentimiento por aquella inesperada intrusión y no sentía ni la más mínima lástima. Cuando los hombres terminaron su comida, Daagoo miró a las mujeres a la espera de que dijeran algo. Durante un rato nadie rompió el silencio. Por fin Daagoo dijo:

—El jefe creyó que sobreviviríais, por eso envió a buscaros.

Ch'idzigyaak soltó un gruñido de cólera, y cuando los hombres se giraron hacia ella, los miró con desprecio y apartó la vista. No podía creer que aquella gente tuviera el valor de buscarlas. En opinión de Sa', estaba claro que no venían a nada bueno. Estiró la mano y dio unos suaves golpes en la de su amiga para tranquilizarla; luego se volvió a los hombres y dijo simplemente:

—Sí, hemos sobrevivido.

Daagoo no pudo reprimir una sonrisa divertida ante la cólera de Ch'idzigyaak. Sin embargo, Sa' no parecía albergar tanta desconfianza, así que evitó la mirada iracunda de Ch'idzigyaak y se dirigió a Sa'.

—Estamos hambrientos y cada vez hace más frío. Una vez más no tenemos suficientes provisiones; la situación es la misma que cuando os abandonamos. Pero cuando el jefe se entere de que estáis bien, os pedirá que volváis con el grupo. El jefe y la mayoría del Pueblo piensan igual que yo. Lamentamos lo que hicimos con vosotras.

Las mujeres permanecieron en silencio durante un largo rato. Por fin Sa' dijo:

—¿Para que nos volváis a abandonar cuando más os necesitemos?

Daagoo tardó unos minutos en responder. Hubiera preferido que estuviera allí el jefe para hacerlo; porque éste tenía más experiencia, y sabría cómo responder a ese tipo de preguntas.

—No puedo aseguraros que no ocurra de nuevo. En los malos tiempos, algunos son peores que los lobos, y otros se vuelven cobardes y débiles, como me pasó a mí cuando os dejamos. —La voz de Daagoo se llenó de emoción al pronunciar las últimas palabras, pero se rehizo y continuó—: Una cosa sí os puedo decir. Si vuelve a ocurrir, os protegeré aún a costa de mi vida, si es necesario. —Al decir aquello, Daagoo comprendió que gracias a aquellas dos mujeres, a las que antes había creído indefensas y débiles, él mismo había recuperado esa fuerza interior que lo había abandonado el invierno anterior. Ahora, por alguna razón desconocida sabía que jamás se volvería a sentir viejo y débil. ¡Jamás!

Los jóvenes escuchaban en silencio la conversación que tenía lugar entre sus mayores. Uno de ellos dijo con el tono apasionado de la juventud:

—Yo también os protegeré si alguien intenta haceros daño. —Todos le miraron sorprendidos. Pero luego sus compañeros también juraron proteger a las dos mujeres, porque habían sido testigos de una milagrosa supervivencia que había hecho nacer en ellos un sólido sentimiento de respeto hacia sus mayores. Las mujeres sintieron que sus corazones se ablandaban con aquellas palabras, aunque su recelo no había desaparecido. Creían a aquellos hombres, pero no estaban muy seguras con respecto a los otros.

Las dos ancianas se retiraron para hablar en privado.

—¿Podemos fiarnos de ellos? —preguntó Ch'idzigyaak.

Sa' esperó un momento antes de contestar, pero luego asintió.

—¿Y de los otros? ¿Y si encuentran nuestras provisiones? ¿Es que crees que podrán contenerse cuando vean nuestra comida? Mira lo hambrientos que están. El año pasado no tuvieron ningún miramiento y ahora estás dispuesta a ponerte a su disposición. Amiga mía, me temo que nos quitarán lo que tenemos, nos guste o no —dijo Ch'idzigyaak.

Sa' ya lo había pensado, pero la cosa no le preocupaba, así que respondió:

—Debemos recordar que sufren. Sí, nos condenaron sin contemplaciones, pero les hemos demostrado que estaban equivocados. Si vuelven a hacerlo, ya sabemos que podemos sobrevivir. Lo hemos comprobado por nosotras mismas. Ahora debemos dejar de lado nuestro orgullo y recordar que sufren. Si no lo hacemos por los adultos, hagámoslo por los niños. ¿Te has olvidado de tu nieto?

Ch'idzigyaak sabía que, como siempre, su amiga tenía razón. No, no podía ser tan egoísta como para dejar a su nieto morir de hambre cuando ella tenía toda aquella comida. Los hombres esperaron pacientemente mientras las dos mujeres susurraban entre sí.

Sa' no había dejado de hablar, porque sabía que Ch'idzigyaak todavía tenía miedo de lo que estaba ocurriendo y necesitaba coraje para enfrentarse al futuro.

—No saben hasta qué punto hemos resuelto nuestra situación —dijo—. Pero mañana, a la luz del día, lo verán, y así sabremos si cumplen lo que dicen. Pero recuerda, amiga mía, si vuelven a abandonarnos, sobreviviremos, y si sus palabras son sinceras nuestro recuerdo perdurará en sus memorias y les infundirá valor en los momentos difíciles.

Ch'idzigyaak asintió. Por un momento, al fijar la mirada en aquellos miembros del grupo, sintió renacer los viejos temores y su renovada fuerza se desvaneció. Miró a su amiga con gran ternura. Sa' siempre tenía las palabras justas.

En el refugio, aquella noche, las dos mujeres y el guía intercambiaron historias, mientras los jóvenes escuchaban en un silencio atento y respetuoso. El viejo les contó lo que había ocurrido después de que las abandonaran. Habló de los que habían muerto. La mayor parte de ellos eran niños. Los ojos de las ancianas se llenaron de lágrimas al escucharle, porque habían querido a algunas de aquellas personas, y los niños se contaban entre sus preferidos. Las mujeres no podían soportar pensar en lo mucho que los niños debieron sufrir antes de morir, tan pequeños y de una forma tan cruel.

Después de que Daagoo terminara su relato, Sa' le contó cómo habían sobrevivido. Los hombres las escucharon con una mezcla de emociones dispares. Su historia resultaba increíble, pero su presencia era una prueba irrefutable de su veracidad. Sa' no se dejó turbar por la expresión de temor reverente que había en los rostros de los hombres. Siguió contando su historia y recordando el año lleno de acontecimientos que ella y su amiga habían vivido juntas. Cuando terminó su relato hablándoles de sus reservas de comida, los ojos de los visitantes se iluminaron.

—Cuando escuchamos por primera vez tu voz, supimos que podíamos fiarnos de ti. También supimos que ya que eras capaz de encontrarnos en la noche, tardarías muy poco en hallar nuestra comida. Por eso te lo cuento. Sabemos que no vas a hacernos daño —dijo Sa' a Daagoo sin rodeos—. Pero ¿y los demás? Si han sido capaces de abandonarnos, no tendrán ningún escrúpulo en robarnos. Decidirán una vez más que somos débiles y viejas y que no necesitamos nuestras provisiones. No les echo la culpa ahora de lo que nos hicieron, porque mi amiga y yo sabemos lo que el hambre puede cambiar a una persona. Pero hemos trabajado mucho para juntar lo que tenemos y aunque sabíamos que nos sobraría comida durante el invierno, seguimos almacenando provisiones. A lo mejor, en el fondo, esperábamos que esto ocurriera. —Sa' hizo una pausa para escoger cuidadosamente sus palabras. Luego añadió—: Lo compartiremos con los demás pero no deben volverse codiciosos e intentar robarnos nuestra comida, porque lucharemos hasta la muerte por lo que es nuestro.

Los hombres permanecieron sentados en silencio, escuchando cómo Sa' exponía sus condiciones con voz fuerte y apasionada.

—Os quedaréis en el antiguo campamento. No queremos ver a nadie más que a ti —Sa' se inclinó hacia Daagoo— y al jefe. Os daremos comida y esperamos que el Pueblo coma con moderación en previsión de los malos tiempos que están por venir. Es todo lo que podemos hacer por vosotros.

El guía asintió y dijo con voz serena:

—Haré llegar este mensaje al jefe.

Una vez dicho todo lo que tenían que decir, las ancianas invitaron a los hombres a dormir en un lado del refugio. Por primera vez en mucho tiempo se sintieron tranquilas. Durante aquellos largos meses habían temido por su futuro, pero aquella noche se desvanecieron las pesadillas de lobos y otras alimañas y durmieron plácidamente. Ya no estaban solas.

8

UN NUEVO
COMIENZO

Al día siguiente, antes de que los hombres se marcharan, las mujeres hicieron grandes fardos de pescado seco, suficiente para reponer las energías del Pueblo para viajar. Entretanto, el jefe esperaba ansioso. Temía que les hubiera ocurrido algo a sus hombres, aunque mantenía la esperanza viva. Cuando volvieron los exploradores, el jefe reunió rápidamente al consejo para escuchar lo que tenían que decirles.

El guía contó a una muchedumbre atónita lo que habían descubierto. Cuando terminó su relato, añadió que las mujeres no se fiaban de ellos y que no deseaban verles. Daagoo enumeró las condiciones que habían impuesto. Al cabo de unos minutos de silencio, el jefe declaró:

—Respetaremos sus deseos. Quien no esté de acuerdo tendrá que pelear conmigo.

—Los jóvenes y yo te apoyaremos —dijo Daagoo enseguida. Los miembros del consejo que habían propuesto abandonar a las ancianas se sentían profundamente avergonzados. Por fin uno de ellos habló:

—Nos equivocamos al abandonarlas. Lo han demostrado. Las compensaremos con nuestro respeto.

Después de que el jefe informara de la decisión tomada, el Pueblo se mostró de acuerdo en aceptar las condiciones impuestas por las dos mujeres. Una vez que se hubieron recuperado gracias al nutritivo pescado seco, los miembros del grupo comenzaron a aparejar los bártulos, porque tenían muchas ganas de ver a las ancianas. En aquellos momentos difíciles, su supervivencia les llenó a todos de esperanza y de un temor casi reverencial. La hija de Ch'idzigyaak, Ozhii Nelii, lloró al escuchar las noticias, pues creía que su madre había muerto. Pero a pesar del gran alivio que sintió sabía que su madre no la perdonaría nunca. Shruh Zhuu estaba tan contento que en cuanto se enteró empaquetó de inmediato sus cosas y se dispuso a marcharse.

El grupo tardó bastante en llegar al campamento donde las cortezas de los abedules habían sido arrancadas. El jefe y Daagoo se adelantaron para encontrarse con las mujeres, y cuando entraron en el campamento el jefe tuvo que refrenarse para no abrazarlas. Las mujeres le miraron con desconfianza, así que se sentaron para parlamentar. Las mujeres le dijeron lo que esperaban del Pueblo. Él respondió que obedecerían sus deseos.

—Te daremos comida suficiente para el Pueblo y cuando se acabe te volveremos a dar. Te la proporcionaremos en pequeñas porciones —le dijo Sa' al jefe, que asintió casi con humildad.

El grupo tardó otro día en llegar al nuevo campamento, deshacer los bártulos y levantar las tiendas. Luego, el jefe y sus hombres llegaron con fardos de pescado y ropa hecha de piel de conejo. Daagoo, al ver el extenso surtido de prendas de piel de conejo, había insinuado audazmente a las dos ancianas que las vestiduras del grupo estaban en muy mal estado. Las mujeres sabían que no tendrían tiempo de usar todas las manoplas, pasamontañas, mantas y camisetas que habían confeccionado en su tiempo de ocio, de modo que se sintieron obligadas a compartirlas con quienes las necesitaban. Una vez que los miembros del grupo hubieron montado su nuevo campamento, y con los estómagos ya satisfechos, mostraron más curiosidad hacia las dos ancianas, pero les estaba prohibido acercarse a ellas.

Los días de frío fueron muchos y el Pueblo racionó cuidadosamente la comida de las ancianas. Un día los cazadores mataron un alce grande y lo llevaron arrastrándolo a lo largo de muchas millas hasta el campamento. A su llegada todos celebraron su buena suerte.

Durante ese tiempo, el jefe y el guía se turnaban en sus visitas diarias a las mujeres. Cuando se hizo evidente que las ancianas también sentían curiosidad por verlos, el jefe pidió permiso para que otros pudieran visitarlas. Ch'idzigyaak respondió enseguida que no, porque era la más orgullosa de las dos. Pero cuando después lo hablaron entre ellas, tuvieron que admitir que tenían ganas de recibir más visitas, especialmente Ch'idzigyaak, que echaba mucho de menos a su familia. Cuando el jefe llegó al día siguiente, las mujeres le comunicaron su decisión y pronto empezaron a entrevistarse con más gente. Al principio se mostraban tímidas e inseguras, pero al cabo de un tiempo charlaban con mayor confianza y pronto se pudieron oír risas y alegres conversaciones en el refugio. Cada vez que tenían visitantes, las mujeres recibían presentes de carne de alce y pieles de animales que aceptaban complacidas.

Las relaciones entre el Pueblo y las dos mujeres fueron mejorando. Unas y otros aprendieron que en las dificultades se había manifestado una parte de sí mismos que no conocían. El Pueblo se creía fuerte, y sin embargo se había mostrado débil, mientras que las ancianas, a las que consideraban indefensas e inútiles, habían demostrado su fortaleza. Ahora, entre ellos, existía un mudo entendimiento y el Pueblo acudía a las dos mujeres en busca de consejo y conocimientos nuevos. Ahora comprendían que los años y la experiencia las habían hecho poseedoras de una gran sabiduría, y que tenían mucho que aprender de ellas.

Las visitas iban y venían diariamente en el campamento de las mujeres. Mucho tiempo después de que se marcharan, Ch'idzigyaak permanecía de pie, siguiéndolas con la mirada.

Sa' la observaba y sentía pena por su amiga. Sabía que Ch'idzigyaak esperaba ver a su hija y a su nieto, pero no venían. Ch'idzigyaak albergaba el secreto temor en su corazón de que les hubiera ocurrido algo malo y de que el Pueblo no quisiera decírselo; sin embargo no se atrevía a preguntar.

Un día, mientras Ch'idzigyaak recogía leña, una suave voz juvenil detrás de ella dijo:

—He venido a buscar mi hacha.

Ch'idzigyaak se quedó quieta y, al volverse, la leña se le cayó de los brazos sin darse cuenta. Se miraron fijamente, casi como si fuera un sueño y no pudieran creer lo que estaban viendo. Con los rostros bañados en lágrimas, Ch'idzigyaak y su nieto se miraron llenos de felicidad sin atreverse a pronunciar palabra. Sin más vacilaciones, Ch'idzigyaak abrazó al muchacho que tanto quería.

Sa' miraba sonriente aquel feliz encuentro. El joven levantó la vista para mirar a Sa' y se acercó para abrazarla también. Sa' sintió que su corazón se llenaba de amor y orgullo por aquel joven.

Sin embargo, Ch'idzigyaak seguía preguntándose por su hija. A pesar de todo lo que había ocurrido, sentía deseos de ver a la que llevaba su misma sangre. Como era observadora, Sa' sabía que ése era el motivo por el que su amiga se sentía triste a pesar de su buena suerte. Varios días después de la visita del nieto, Sa' tomó de la mano a su amiga.

—Vendrá —dijo simplemente, y Ch'idzigyaak asintió, aunque no estaba del todo segura.

El invierno llegaba casi a su fin. Entre los dos campamentos se había trazado un sendero muy transitado. El Pueblo quería estar cada vez más tiempo con las ancianas, sobre todo los niños, que pasaban muchas horas riendo y jugando en el campamento mientras las ancianas permanecían sentadas junto a su refugio y los miraban. Se sentían agradecidas por haber sobrevivido para poder presenciar aquello. Cada día era para ellas un motivo de alegría.

El nieto iba todos los días. Ayudaba a sus abuelas en sus tareas cotidianas, como antes, y escuchaba sus historias. Un día, la mujer mayor no pudo aguantar más y por fin reunió el valor suficiente para preguntar:

—¿Dónde está mi hija? ¿Por qué no viene?

El joven contestó con sinceridad:

—Está avergonzada, abuela. Cree que la odias desde el día en que te dio la espalda. Ha llorado todos los días desde que nos fuimos —dijo el joven mientras la rodeaba con sus brazos—. Me preocupa porque el dolor la está consumiendo.

Ch'idzigyaak permanecía sentada escuchando y su corazón voló hacia su hija. Sí, había estado furiosa contra ella. ¿Qué madre no lo hubiera estado? Durante aquellos años había preparado a su hija para que fuera fuerte y luego descubrió que sus enseñanzas no habían servido para nada. Aun así, pensaba Ch'idzigyaak para sus adentros, no se la podía culpar sólo a ella. La verdad es que todos habían participado y su hija había tenido miedo. Había temido por las vidas de su hijo y de su madre. Así de sencillo. Ch'idzigyaak reconocía también que su hija había tenido el valor de dejar una bolsa de babiche a las ancianas. Dejar una cosa de tanto valor con dos viejas que se creía iban a morir hubiera sido considerado un estúpido despilfarro. Sí, podía perdonar a su hija. Incluso podía darle las gracias, porque, pensó, si no hubiera sido por el babiche, probablemente no habrían sobrevivido. Ch'idzigyaak salió de su ensimismamiento cuando se dio cuenta de que su nieto esperaba una respuesta. Le rodeó los hombros con el brazo, le dio unos cuantos golpes suaves y le dijo:

—Dile a mi hija que no la odio, nieto.

Una expresión de alivio se dibujó en el rostro del muchacho, porque había pasado meses sintiéndose triste por su madre y por su abuela. Ya casi todo estaba igual que antes. Sin perder tiempo, el muchacho abrazó efusivamente a su abuela y salió a toda prisa del refugio hacia su casa.

Llegó al campamento sin aliento. Irrumpió donde estaba su madre y emocionado dijo entre jadeos:

—¡Madre! ¡La abuela quiere verte! ¡Me dijo que no te guarda rencor!

Ozhii Nelii quedó asombrada. No lo esperaba y, por un momento, sintió que las piernas le flojeaban de tal modo que tuvo que sentarse. Su cuerpo temblaba y miró de nuevo a su hijo.

—¿Es eso cierto? —preguntó.

—Sí —replicó Shruh Zhuu, y su madre se dio cuenta de que decía la verdad.

Al principio tenía miedo de ir, porque se seguía sintiendo culpable. Pero ante la tierna insistencia de su hijo, Ozhii Nelii reunió el coraje suficiente para dar el largo paseo hasta el campamento de su madre, acompañada de su hijo. Cuando llegaron, las dos ancianas estaban de pie junto al refugio, hablando. Sa' fue la primera en verla, y Ch'idzigyaak se giró para ver por qué se había callado su amiga. Cuando vio a su hija, su boca se abrió pero no le salieron las palabras, y las dos mujeres permanecieron inmóviles, mirándose hasta que Ch'idzigyaak se acercó a Ozhii Nelii y, entre sollozos, la abrazó con fuerza. Todo lo que las había mantenido separadas se desvaneció en aquel gesto.

Sa', rodeando con los brazos a Shruh Zhuu, miraba con ojos llenos de lágrimas cómo madre e hija reencontraban un amor que creían perdido para siempre. Luego Ch'idzigyaak se dio la vuelta, entró en la tienda y salió con un pequeño bulto que colocó entre las manos de su hija. Ozhii Nelii vio que era babiche. No lo entendió hasta que Ch'idzigyaak se inclinó y le susurró algo al oído. Por un momento, el rostro de Ozhii Nelii reflejó sorpresa, pero luego también ella sonrió. De nuevo las mujeres se abrazaron.

Después de que todos estuvieran reunidos,

el jefe dio a las dos ancianas cargos honoríficos en el grupo. Al principio todos se mostraban muy solícitos y acudían en su ayuda en todo momento, pero las mujeres no precisaban de ellos, porque disfrutaban de su recién descubierta independencia. Así que el Pueblo mostró el respeto debido hacia ellas escuchando sus sabias palabras. Vinieron más inviernos crudos, porque en las tierras heladas del norte no puede ser de otra forma. Pero el Pueblo mantuvo su promesa. Nunca volvieron a abandonar a un anciano. Habían aprendido la lección que les habían enseñado aquellas dos mujeres a las que llegaron a amar y cuidar hasta que murieron muy mayores y felices.

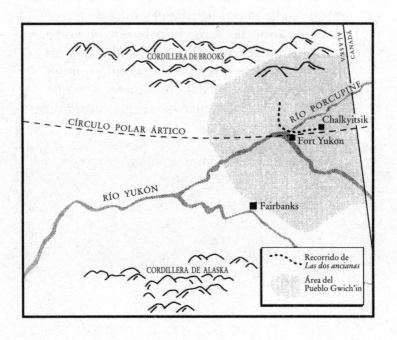

EPÍLOGO DEL EDITOR

Durante muchos años oí contar la leyenda de las dos ancianas en casi todas las aldeas athabaskans del río Yukon, pero no la tuve muy en cuenta hasta que el conmovedor manuscrito de Velma Wallis dio vida al relato.

Con demasiada frecuencia, el contacto con la naturaleza se contempla como algo romántico, pero en *Las dos ancianas*, Wallis lo describe tal como es. Por muy diestros que sean un cazador o un pescador, la subsistencia está sujeta al azar, y el más mínimo capricho de los elementos naturales (que no se produzca el desove de los salmones, una helada temprana que mate a toda una generación de pájaros migratorios, o grandes nevadas que diezmen la población de alces) puede significar la muerte.

Wallis y aquellos cuyas experiencias la autora relata lo vivieron en carne propia, y su cuerpo fue testigo de estos sufrimientos.

Nacida en 1960 en una familia de trece hijos, Wallis recibió una educación tradicional en la aldea athabaskan de Fort Yukon, en la confluencia de los ríos Yukon y Porcupine, a unos doscientos kilómetros al nordeste de Fairbanks y sólo unos pocos kilómetros al norte del Círculo Ártico. Durante un período muy duro similar al que se describe en *Las dos ancianas*, la abuela de Wallis, que tenía entonces trece años, logró sobrevivir a una hambruna en la zona más ribereña de Circle City, en la que perdió a su madre y a varios hermanos, y a otros muchos de su grupo que también vivían de la tierra. La abuela y una tía de Wallis huyeron de la zona. Con muchas dificultades consiguieron llegar hasta los Yukon Flats, asentamiento de un campamento de pesca estacional de los athabaskans, donde las adoptó un chamán.

Wallis también tenía trece años cuando murió su padre y dejó la escuela para ayudar a su madre en el cuidado de sus cinco hermanos pequeños. Fue una dura experiencia que fortaleció el vínculo entre Wallis y su madre, una mujer que habla gwich'in.

Una vez que sus hermanos se independizaron, Wallis aprobó un examen estatal de enseñanza secundaria. Luego decidió aislarse en una cabaña de caza a unos veinte kilómetros de Fort Yukon. Su experiencia de contacto con la naturaleza era escasa, pero consiguió sobrevivir el primer invierno prácticamente sola, y durante los casi doce años en los que vivió de manera intermitente en la cabaña se hizo una experta en ese modo de vida y aprendió a subsistir con lo que producía la tierra.

Al mismo tiempo, Wallis consiguió mantener un pie en el siglo XX, yendo de vez en cuando a Fort Yukon para escribir el primer borrador de *Las dos ancianas* con la ayuda de un ordenador prestado.

Envió su manuscrito a Epicenter Press en 1989. La editorial, que apenas llevaba un año en funcionamiento, no disponía de fondos para publicar ese libro, pero estaba convencida de que debía publicarse. Así que, sin consultar a Wallis, visité varias organizaciones encargadas de patrocinar iniciativas autóctonas, capaces de proporcionar un préstamo o una subvención para el proyecto. Todas ellas rechazaron la idea. Wallis era una desconocida y sin ningún respaldo entre los nativos. Además era mujer, y los que decidían eran hombres. El problema era que la historia era demasiado realista en su descripción de la política implacable del hambre.

«Da una mala imagen de la gente athabaskan», afirmó sin rodeos un líder nativo. El proyecto languideció. Expliqué la situación a Wallis y lo comprendió. Había experimentado la misma reacción con algunos athabaskans en Fort Yukon. «A veces me siento como Solmon Rushdie: decididamente impopular», dijo.

Seis meses más tarde, Marilyn Savage, estudiante de Fort Yukon, me preguntó por el manuscrito en una clase de redacción que yo impartía en la Universidad de Alaska Fairbanks. «¿Qué pasó con el libro de Velma?», quiso saber. Le conté los obstáculos y mi grupo de escritores se quedó callado. Luego, casi como si hablara para mí mismo añadí: «¿Sabéis una cosa? No me importaría poner doscientos dólares de mi bolsillo para ver ese libro impreso.» «¡Ni a mí!», declaró Savage. «Ni a nosotros», coreó el resto de la clase. «Así era como los libros se publicaban originalmente, por suscripción», nos recordó otro estudiante. En aquel mismo instante decidimos hacerlo. Las suscripciones subsanarían el problema de la financiación y nos ayudarían a salvar cualquier obstáculo político, sobre todo si incluíamos una explicación que situaba la historia en su contexto. La noticia se difundió y pronto creamos el Fondo de Amigos de Velma Wallis. Para cuando la Epicenter Press fue capaz de llevar a cabo el proyecto por su cuenta, sin donaciones, ya habíamos reunido más de dos mil dólares, y el libro difícilmente se hubiera publicado sin el apoyo inicial de los suscriptores de Wallis.

Marti Bowen, Mary Jane Fate, Claire Fejes, Eliza Jones, Fran Lambert, Steve Lay, B. G. Olson, Steve Rice, Marilyn Savage, John Shively, Virginia Sims, Pat Stanley, Barry Wallis y Peter Wood colaboraron para que este libro fuese una realidad.

A principios de 1992, Wallis voló de Fairbanks a Fort Yukon para su primera entrevista conmigo, su editor. Su discreta seguridad me gustó de inmediato. Era silenciosa, pero no tímida, sino cuidadosa en la elección de las palabras. El inglés era su lengua materna, pero articulando un suave chasquido al final de cada palabra, ras-